ROSA MONTERO

La vida desnuda

punto de lectura

Título: La vida desnuda

Barquillo, 21. 28004 Madrid (España) www.puntodelectura.com

ISBN: 84-663-0510-6
Depósito legal: B-47.700-2001
Impreso en España – Printed in Spain

Diseño de colección: Ignacio Ballesteros

Impreso por Litografía Rosés, S.A.

ROSA MONTERO

La vida desnuda

Índice

El más acá

Infalible 15
Madres 17
Diablos 19
Sueños 21
Los señores de la muerte 23
El alma de las fotos 28
Suerte 33
Ayer 35
Vidas propias y ajenas 40
El lenguaje del cuerpo 45
El más acá 49

Cosas de la vida

El horror 55
Truculencias 57
Tratamiento de choque 59
Oposiciones 61
Mendigos 63
McDonald's 65
Coba 67
San Teleco 69
Formas 71
Fiesta 73

Gitanos 75
7.000 77
La fuerza del deseo 79
El corazón del Norte 83
Éxito 87
Tarjetas 89
Corrupción 91
Violencia 93

Nosotras
Un cadáver secundario 97
Selenita 99
María Rosa y las sardinas 101
La libertad en la barriga 103
Porla 105
Erotismo 107
Violaciones 109
Parricida 111
Para ellos 113
Espejo roto 115
La viuda errante 119
Desirée 124

Nombres propios
Estragos 131
Pinochet 133
Bokassa 135
Memoria 137

Dragones 139
San Mario 141

Amor y desamor

Nomenclaturas 145
Corazón 147
El gran amor 149
Malentendidos 153
Parejas 158
Ellos 160
El desamor 162

Los otros mundos

«Vis-à-vis» 169
Gitanos 171
Maña 173
«Lucy» 175
Odio 179
Eclipse 181
Pobres 183
El poder de los viajes 185
Negritud 190
La felicidad 192
Mi perra no me habla 197
Invisibles 202
Impostores 204
Madrid 209
Vencer a la Invencible 211

Nutrir y matar 216
Mentiras y máscaras 221
Los otros mundos 226

En el fin del milenio
Cuando la Renfe se cree lo que dicen sus anuncios 233
La calle del Jazmín 239
La calle 241
Hijos 243
Turba 245
Marginado 247
Milagro 249
Calambre 251
Europa 253
El «topo» 255
Papeles 257
Basuras 259
La luz de la memoria 264
Indios 269
Gaia 274
Padres 279
500 Tn 281
Nada 283

Dolor de corazón

Encuestas indecentes 287
Consternación 289
Los cuarenta 291
Seducción 293
Mujeres guerreras 295
«Zapping» 299
La gloria del sexo 301
Nosotras y ellos 306

Themen:
Natur- + Umweltschutz
soziale Gerechtigkeit /
Mißbrauch, Gewalt, Grau-
samkeit, Lieblosigkeit
Dummheit, Rassismus,
Chauvinismus (Lit.)
anhaltende Strukturen
(wirtsch./sozial, sprachlich),
techn. Unvermögen u.
sonstige Defekte (politisch
+ sozial, gestörte Kommunika-
tion

El más acá

Infalible

Ni siquiera oveja, sino cabra, cabra descarriada es lo que soy, y, en mi extravío entre las jaras terrenales, hay un enigma de fe que, últimamente, me tiene preocupada hasta la médula: el Papa, dice el dogma, es infalible. Una curiosidad sin duda atea me llena la cabeza de preguntas: ¿cuánto abarca esta infalibilidad papal, esta precisión hija de la ciencia angélica? ¿Es infalible el Sumo Pontífice desde que se levanta hasta el momento de dormirse o, por el contrario, se trata de un fenómeno con alzas y con bajas, un don que viene y que se va, al pálpito secreto de la fe? ¿Es infalible el Papa en todos los juicios que formula, desde un banal pronóstico de lluvias, por ejemplo, hasta un delicado y finísimo anatema? La pura lógica (que es por otra parte fuente de fatales errores, como bien nos explica la Santa Madre Iglesia) me hace pensar que no, que la infalibilidad no es un continuo, que se aplica sólo en cuestiones doctrinales. Ahora bien, en este caso, ¿quién decide dónde empieza y dónde acaba la doctrina? Algunos temas están claros, como, es un decir, la Trinidad. Discutir si hay tres divinidades o una es sin duda el campo idóneo para la aplicación de lo infalible, aunque haya sido éste, el trinitario, un problema que le ha costado muchos cismas y muchos años de debate a la Iglesia (o sea, que tampoco lo tenían claro). Pero cuando el Papa aborda un tema de política terrenal perecedera ¿está divinamente protegido del error? Cuando dice que la guerrilla salvadoreña provocó la muerte del arzobispo Óscar Romero, ¿quién se confundió, el Pontífice o el traductor de su discurso? Doscientos intelectuales cristianos italianos criticaron la actitud del Papa en Nicaragua. ¿Pudo equivocarse Juan Pablo II en el enjuiciamiento que ha hecho con sus gestos, con sus actitudes, de la situación política concreta, o la infalibilidad se manifiesta siempre que el Pontífice lo quiere y necesita, sea o no un tema doctrinario? ¿Es infalible la infalibilidad? Fue en el Concilio Vaticano I, en 1870, cuando se estableció el dogma de la infalibilidad. Los papas anteriores ¿se equivocaban, eran un poco más humanos? Pregunto y pregunto y seguramente abundo en el error y en el pecado: es natural, yo no dispongo de un dogma que me ampare.

(20-3-83)

Madres

Detrás de los niños desnutridos y desdeñados siempre hay una madre. Los casos aparecen en la prensa con progresión geométrica, cada vez más frecuentes, más horribles. Bebés rotos a golpes y abandonos, criaturas espectrales que lo único que conocen del vivir es la tortura. Víctimas mudas incapaces de explicar lo sucedido y cuyo sufrimiento sólo se adivina, como un vértigo, a través de las huellas del tormento o del vago testimonio de un vecino: meses de llantos desolados, gemidos que horadan las paredes, ruidos de golpes. Y niños descarnados, de cabezas inmensas, devorados por la soledad y los piojos, con la piel roída por metódicas llagas, por la brasa de un cigarro y por la infamia. Esa piel que hubiera debido ser de nata y oler a polvos de talco y caramelo. Resulta aterrador que en cuerpos tan breves pueda caber tamaño infierno.

Pues bien, detrás de todo esto está siempre una madre. Es de las madres de quienes hablan acusadoramente los periódicos; es a las madres a quienes la policía busca y detiene; son las madres quienes se han hecho cargo de la vida y suplicio de sus niños. Es a ellas, en fin, a quienes pedimos cuentas del espanto. La sociedad sufre un espasmo de conciencia ante estos casos: nos brincan las entrañas brevemente. Pero después condenamos a la madre y olvidamos. Olvidamos que la atrocidad y la miseria empiezan en ellas. Que todas arrastran tras de sí múltiples hijos que los diversos padres se han sacudido de encima sin problemas. Y que muchas de ellas, al ser descubiertas, han llorado y clamado por sus críos: así de hondo es el imperativo social que les obliga a ser por siempre madres, así de patológico y terrible es su destino.

No intento justificar sus actos: intento comprender lo que sucede. Desentrañar en qué podrida raíz de lo que somos se alimenta esta trastienda infanticida. Aquí estamos, castigando el aborto y hablando de la anticoncepción entre susurros, instalados en una sociedad paridora e hipócritamente ultracatólica, en un mundo sexista y cruel que hace de la maternidad un desatino. Aquí estamos, en fin, crucificando niños.

(24-5-86)

Diablos

El demonio está de moda.

Lucifer está de nuevo entre nosotros con sus posaderas de cabrito. La cosa comenzó en los setenta, con el auge de *El exorcista* y otras películas. Aquellos filmes eran como malas novelas del Averno, una avanzadilla populista. Pero ahora el tema ha alcanzado ya las cotas de la gran literatura, esto es, de la narrativa eclesiástica oficial, y el mismísimo Wojtyla se ha explayado hablando del diablo. Y no es eso todo: al parecer, cada día aumenta la demanda de exorcismos. Satán asoma su hocico carmesí por todas partes. Ahí está, por ejemplo, una escritora de la talla y sensibilidad social de Doris Lessing, que en *Sikhasta*, su última novela, habla de la presencia real del Innombrable. Hace unos días, Juan Arias le hizo una fascinante entrevista a monseñor Balducci, la máxima autoridad católica en leviatanes. En ella, monseñor contaba que cuando Belcebú abandona el cuerpo de un poseído, éste vomita «clavos de hierro o bien pequeños animales muy feos», y que es fácil advertir si un caballo está endemoniado porque de la noche a la mañana aparece con toda la crin hecha trencitas. Informaciones todas ellas muy pertinentes y útiles, dado el cariz que la cosa está tomando, con el Maligno trotando a nuestros flancos.

Se veía venir, porque estamos viviendo en un infierno. Las guerras, las matanzas, las torturas, las hambrunas, la explotación bestial del ser humano. Parece que la humanidad no resistía por más tiempo la horrorosa responsabilidad de asumir el mal como algo propio, nuestro agujero negro, nuestra culpa. Por eso hemos desempolvado a Satanás y encerrado al Mal en una carnadura color guinda, con sus cuernos, su rabo puntiagudo y sus pezuñitas apestosas. Qué colosal alivio: no hay seres perversos, sino talantes tibios en quienes se ha instalado algún demonio como el soplo frío que se cuela por la rendija de una puerta. Aire mefítico. Ahora todo es cuestión de estar al tanto y ver si Reagan escupe escarpias o si a Gaddafi se le trenzan las guedejas, pongo por caso. Gracias, Diablo.

(25-10-86)

Sueños

Anoche soñé que visitaba a una hermana a la que no había visto durante varios años. Recorría su casa y advertía los cambios que el tiempo había traído: el nuevo suelo de la cocina, la sala pintada en un color distinto... Sería un sueño de lo más vulgar, torpemente doméstico, si no fuera por un par de detalles: uno, carezco de hermanas; dos, aquella mujer a quien anoche visité la conocía de antes. La recordaba de otros sueños, de otras madrugadas. Era mi hermana en el mundo dormido.

Cada día me parece advertir más claramente que hay un nexo que une las fantasías nocturnas, un hilván de memoria y de causalidad enhebrado entre los distintos sueños que nos van ocupando. Como si por las noches fuéramos otros y viviéramos, sin saberlo, una doble existencia. Y así, cuando el mundo se apaga quizá tengas otra profesión, otra edad, otra cara; quizá gastes un ojo de cristal o seas karateka. Puede que al otro lado de tus noches haya un gran amor, o una inmensa derrota. Y esa otra realidad también tiene su tiempo, se va desarrollando año tras año. Por eso anoche reconocí a mi hermana; y por eso cuando vi a su viejo gato ronroneando sobre el nuevo suelo de la cocina, recordé que el animal me había arañado años atrás, y que aún conservaba huellas de la herida. Miré en sueños mi mano y ahí estaba la cicatriz, un pequeño garabato sobre un dedo. La existencia nocturna también nos va marcando.

Quizá sea cierto, en fin, ese vértigo que todos intuimos en algún momento: que vivimos dos vidas paralelas, que al dormir nos adentramos en otro mundo y que nuestros días, lo que llamamos la realidad, no son sino el sueño de esa vida dormida. Yo, por si acaso, atisbo mis manos en todos los espejos que me cruzo, buscando, hasta ahora sin éxito, una leve cicatriz en la mano izquierda.

(16-11-91)

Los señores de la muerte

Cuentan testigos presenciales que, en las ejecuciones por silla eléctrica, el cuerpo del condenado se hincha y se quema antes de morir. Recuerdo que hace unos meses, en uno de estos *asesinatos legales* tan frecuentes en Estados Unidos, ajusticiaron a un subnormal; necesitaron tres descargas y media hora de torrefacción para acabar con él. Y es que los aparatos del verdugo son viejos y anticuados; la silla en donde han frito hace unos días a Coleman tiene más de ochenta años. Matan mal y a trompicones.

Con todo, la silla eléctrica es, al parecer, una bendición comparada con la cámara de gas. Robert Alton Harris, que fue ejecutado así en California hace un par de meses, tuvo diez minutos de espantosa y dolorosísima agonía. Como existe la sospecha de que la muerte por cianuro sea excesivamente bestia incluso para los partidarios de la pena capital, la ejecución de Harris se grabó en un vídeo para que los tribunales la calibren. Y quizá los jueces terminen dictaminando que la cámara de gas es demasiado horrible y que es mejor matar con una inyección letal, que no produce jadeos, alaridos ni salivazos; sólo pueden tardar cuarenta minutos en buscarle la vena, como sucedió hace unas semanas cuando se cargaron a Billy White en Tejas.

Qué hipócrita, qué patológico, qué indigno es ese tibio escándalo de los ejecutores por los *posibles excesos* de la ejecución. Como si pudiera haber una manera de matar limpia y decente. Cuenta Emma Roig en El País que, cuando Harris murió en la cámara de gas hace dos meses, uno de los testigos, el reportero Kevin Leary, dijo: «No creo que vaya a poder seguir apoyando la pena de muerte. Lo que acabo de ver ha sido una tortura». Pero no consideró tortura que sentaran a Harris en la cámara y que luego lo volvieran a levantar, porque hubo una demora de seis horas a causa de una última apelación. Como tampoco le debió de parecer lo suficientemente torturante lo que para mí es el suplicio fundamental: que decreten tu muerte, que la fechen, que le pongan hora, que te encierren con lo inevitable de tu finitud; que te lleven paso a paso, con rigor de calendarios y relojes, hasta la inexistencia. No sé si puede haber un tormento mayor que esa agonía psicológica.

El reportero Leary, sin embargo, tuvo que ver en primera fila el sórdido fin de Harris para empezar a pensar que eso de la pena de muerte no estaba muy bien; porque, a juzgar por sus palabras, antes había sido partidario. Y es que en Estados Unidos las ejecuciones cuentan con un amplio respaldo popular. Hay muchos otros países que, por desgracia, mantienen vigente esta tradición bárbara e inhumana; pero creo recordar que Estados Unidos es el único (sin contar el antiguo Este ni Suráfrica) que conserva la pena capital de entre todos los países industrializados.

Quizá esto sea un residuo del «ojo por ojo», esa barbaridad primitiva y tribal que aplicaron, a falta de algo más civilizado, en el lejano Oeste. O puede que a los norteamericanos les falte información y crean que con la silla eléctrica arreglan algo en esa sociedad violenta en la que viven; cuando todos los estudios han demostrado que la aplicación de la pena de muerte no baja en lo más mínimo los índices de criminalidad. O a lo mejor carecen de imaginación y, como el reportero Leary, no son capaces de calibrar el suplicio de los condenados a menos que uno de ellos escupa, delante mismo de sus ojos, un trozo de pulmón envenenado. No sé, realmente no consigo entender cómo una nación que pretende ser la primera del mundo mantiene vigente una atrocidad como ésta. En tan sólo los últimos quince años, en Estados Unidos han sido ajusticiadas ciento setenta personas, y dos mil seiscientas más están a la espera de la ejecución.

Coleman, el último cadáver por ahora (quizá cuando se publique esto ya habrá otro, la máquina de matar se mueve rápida) se sentó en la silla eléctrica sosteniendo imperturbablemente su inocencia. No sería el primer inocente que la justicia ha liquidado por equivocación; en la larga y abultada historia de la pena capital en Estados Unidos hay varios casos, bien documentados *a posteriori*, de pifias fatales. Esto, la posibilidad de error, es un argumento suficiente para abolir la pena de muerte. Pero hay otra razón de mayor peso, y es la de la indignidad de las ejecuciones; la pena capital es en sí absolutamente inútil y perversa, al margen de la inocencia o la maldad del reo.

Desde la racionalidad del Estado y desde el consenso social no se puede violar a los violadores, torturar a los torturadores y asesinar a los asesinos; no se puede, como diría Borges, devorar a los caníbales, porque una cosa es la maldad individual y otra la estructura social, el marco de referencia de lo que queremos ser. Si institucionalizamos la atrocidad, si consensuamos la ferocidad y la barbarie, lo pagaremos caro; quiero decir que las ejecuciones y la brutal violencia de Los Ángeles, por ejemplo, forman un todo coherente. No se puede ser señores de la muerte impunemente.

(14-6-92)

El alma de las fotos

Me pregunto por qué nos gustan tanto las fotografías antiguas. Mientras que las instantáneas recién hechas apenas si son algo más que una especie de espejo congelado, una oportunidad banal para desesperarnos por lo mal que nos queda ese nuevo peinado o para horrorizarnos por lo gordos que estamos, los retratos antiguos poseen una tercera dimensión, el valor añadido del tiempo transcurrido y, sobre todo, de la pérdida. Porque todas las fotos antiguas son una representación de algo que ya no existe. La prueba más evidente de que somos efímeros.

Y así, hay fotos espeluznantes que dan fe de pérdidas tremendas. Hace unas semanas, por ejemplo, este suplemento dominical publicó un reportaje sobre el modista Yves Saint Laurent. Había un retrato de 1971 que mostraba a un Saint Laurent desnudo y muy hermoso, la piel suave, los hombros anchos, un cuerpo de músculos largos y atléticos, el rostro inocente y melenudo: aunque ya tenía treinta y cinco años, parecía jovencísimo. Y junto a esa foto, en el reportaje venían otras actuales: un monstruo desencajado e irreconocible. En apenas dos décadas, Saint Laurent ha ido de la hermosura intacta a la ruina completa: qué abismos, qué horrores ha de haber por en medio para tal mudanza. Hay gentes que no pasan por la vida, sino que la vida pasa por encima de ellos y les aplasta. Por eso emociona la foto de 1971: por la belleza perdida, y por la inocencia.

La fotografía no sólo refleja nuestra expresión o el tipo de peinado, sino que atrapa un pellizco de nuestra vida, una gota de tiempo. Tienen razón esos pueblos que llamamos primitivos al creer que la fotografía te roba el alma: sin duda queda prisionero algo de ti en cada instantánea, una sustancia trémula que, a medida que transcurren los años desde que la foto fue hecha, se convierte en más misteriosa y más intensa, hasta llegar un momento en que ya no te reconoces en tu propio retrato, sino que más bien el retrato ha llegado a suplantar por entero una época de tu vida de la que ya apenas si te acuerdas. Y es entonces cuando esa fotografía resulta más sugerente y más conmovedora. Porque lo que contemplas en ella es el tiempo transcurrido, el abismo y el vértigo del vivir.

Por eso nos fascinan tanto las fotos verdaderamente antiguas: porque son fotos de muertos. Y así, vemos sus cuerpos, sus rostros, el entorno; pero sobre todo vemos sus miradas, que son todo presente. Miradas vivas congeladas en un presente eterno. Pero nosotros sabemos que han fallecido, que han desaparecido hace ya muchos años, que ese presente continuo es un engaño, un espejismo producido por esa pizca de alma prisionera que ha quedado en la foto.

Reflexiono en todo esto al hilo de un libro que estoy leyendo, la clásica biografía que Ellman hizo sobre Oscar Wilde. El volumen contiene varias decenas de fotografías del escritor irlandés. Unas primeras, inocentes y torpes, del Wilde adolescente, grandullón, boquigrueso, con expresión de chiste y aire de tarambana y un aspecto de razonable felicidad y confianza.

Viene después la serie fotográfica más conocida de Oscar Wilde: con veintipocos años, levitas suntuosas, cuellos de pieles abigarradas, el pelo en una ondulada y cuidadísima melena romántica, el perfecto retrato del artista. Pese a su cara blanda y de dimensiones monstruosas, está casi guapo, o, como viene a decir Javier Marías en su libro *Vidas escritas*, *quiere* sentirse guapo. Esto es, mira a la cámara como si fuera hermoso, aunque no lo es, y casi consigue darnos gato por liebre. Pero ya hay algo inquietante en estas fotos, algo que ensombrece su presente perfecto: el evidente conocimiento, por parte del sujeto, de que está representando, de que hay un fingimiento. Que está ofreciendo su mejor perfil, y que con todos los demás empeoraría. Y que si no sonríe en ninguno de los retratos es porque el mercurio con que se está tratando la sífilis le ha dejado los dientes ennegrecidos. Quiero decir que ya conoce el sufrimiento.

Pero las instantáneas más conmovedoras son de varios años después, en Roma, en 1897, cercana ya su muerte, tras la cárcel, el oprobio y el exilio. Está Wilde de cuerpo entero, de frente y de perfil, mirando olímpico hacia el cielo, inmenso y barrigón, embutido en un abrigo que le viene pequeño, con un bombín haciendo equilibrios en lo alto de la gruesa cabezota: un mamarracho. Tan extremadamente ridículo que llegas a pensar que está fingiendo ser un esperpento, así como años antes fingió ante la cámara ser el artista más bello y más perfecto. Contemplas hoy esta vida en etapas, estas fotos de un Oscar Wilde más o menos inocente, más o menos roto, y en cada instantánea está atrapada su alma. Respira Wilde en tus manos, respira en sus retratos y en su presente quieto exactamente igual que tú respiras ahora en tu presente vertiginoso. Pero él, tú lo sabes, ya está muerto. Las fotos del pasado nos están hablando siempre de nuestro futuro.

(9-8-92)

Suerte

Tengo amigos que, en los últimos años, se quejan a menudo del tiempo que les ha tocado vivir; son cuarentones todos, y de la izquierda; en general, gentes generosas que arrimaron el hombro en su momento y que hoy se encuentran perdidos en el vértigo de los sucesos y los días. Les entiendo, pero no comparto su desconcierto. A decir verdad, creo que tenemos mucha suerte con los años que nos han correspondido.

Los que andamos cumpliendo ahora los cuarenta vivimos nuestra adolescencia y la primera juventud en un mundo en expansión abundante de sueños y prodigios. No quiero mitificar aquellos años sesenta y setenta, glorificados hasta la náusea en libros y películas. Eran tiempos inocentes, a menudo incluso bobos. Pero eran tiempos muy estimulantes para vivirlos joven. Mejor los errores y las tricomonas del amor libre que los horrores y el temor del sida. Y era más divertido aspirar a romper los prejuicios sociales que a romper el récord de enriquecimiento rápido.

Ahora, dos décadas después, empezamos a atravesar el umbral de la madurez, una época, por lo que se ve, fatal para las neuronas. Porque los humanos tendemos a engordar de cabeza para entonces, a petrificarnos en nuestras pequeñas opiniones y en una mirada fija sobre el mundo. A partir de cierta edad cuesta mantener la frescura y la flexibilidad intelectual: es como si te cargaran las ideas con perdigones. Y justo en ese instante, cuando empezamos a apoltronarnos en nuestras creencias como quien se repantiga en un sillón viejo, hete aquí que nos borran el mundo. Que nos vuelven del revés la realidad y hay que empezar de nuevo. Por mucho que queramos lo contrario, el desplome de las cosas nos impide atocinarnos en nuestros tópicos. Nos impide envejecer intelectualmente. Esto sí que es una suerte: viva el caos.

(31-10-92)

Ayer

Tienen las Navidades una inquietante capacidad rememorativa; son como un pozo de recuerdos en el que te desplomas y que te hace descender, aun sin desearlo, a otras Navidades, a un tiempo remoto, al ayer lejano de la infancia. Rosa Chacel, nonagenaria y lúcida, escribió hace ya mucho un libro de memorias *(Desde el amanecer)* que yo acabo de leer ahora. El libro trata de sus recuerdos más antiguos, en concreto, de sus primeros diez años de vida, que es justamente el tramo de edad en que se celebra, para cada uno de nosotros, la creación del mundo. Es una obra extraña y a veces irritante. Pero es también un trabajo fascinante que te transporta a ese tiempo sin tiempo de todos los principios. Al origen de los sentimientos y de las cosas, que es una época que se recuerda más en el calor de las mejillas, en el color del aire, en los olores y sabores; más en la sensación, en fin, que en el pensamiento. Yendo hacia atrás de la memoria, y aún más hacia atrás, una siempre termina siendo un par de ojos, una simple mirada sobre un mundo lento, sólido, novísimo.

Explica Chacel en *Desde el amanecer* que si escribió el libro fue solamente para demostrarse que su personalidad, su carácter, su *mismidad* en suma, estaban ya presentes en aquella niña menor de diez años. Como si así, añado yo, pudiera convencerse de que en su existencia había habido una continuidad, y de que aquella niña tan lejana también era ella. Y es que uno de los muchos trucos que te gasta la vida consiste en romper la línea que te une a tu pasado. A medida que vas envejeciendo, tu ayer se va haciendo más remoto, más ajeno a lo que en el presente eres, y terminas por recordarte con tanta extrañeza como si los sucesos que recoge tu memoria no los hubieras vivido tú, sino otra persona. Chacel escribió *Desde el amanecer* justamente cuando cumplió los setenta años, una edad que debe de ser, supongo yo, una dura frontera, porque es la puerta de la vejez. En esa vejez, rica, productiva y activa, ha seguido instalada Rosa Chacel veinticuatro años más después de escribir su libro de memorias, pero comprendo bien que, en ese definitivo umbral de los setenta, necesitara más que nunca recordarse que *había sido* (y también *qué* había sido), en un conmovedor y muy humano intento de luchar contra el tiempo, de volver a poseerse, de dar una apariencia de voluntad y orden a este caos fugitivo y abierto que es la vida.

Desde el amanecer, en cualquier caso, despierta en ti, como lectora, hambre de evocación. Vuelves los ojos de la mente hacia atrás y contemplas esa sustancia gris que es tu pasado, y si le adjudico un color gris no es aludiendo a su mucha o poca intensidad, sino porque las sombras del tiempo se van adhiriendo a tus recuerdos, pintándolos con una oscura pátina y sumergiéndolos en un crepúsculo perpetuo. Pero por en medio de ese mar de penumbras flotan unas islas de luz, unos instantes del ayer que aún se mantienen encendidos en tu memoria, quién sabe por qué caprichosa o enigmática razón. Momentos vivísimos que eres capaz de volver a recrear aún hoy, muchos años después, sintiéndolos como propios. Y lo más curioso es que estas islas de luz no suelen recoger las peripecias que tú juzgas más importantes en su vida, sino escenas menudas y aparentemente secundarias.

Recuerdo, por ejemplo, dos de estos cromos luminosos, procedentes de la misma época remota de la infancia sobre la que escribía Rosa Chacel, cuando el mundo se construye ante ti y para ti. Guardo una clara imagen, primero, de un ramo de amapolas que corté yo misma; no me acuerdo del campo, ni del día, que supongo primaveral y hermoso; sólo me parece ver ante mis ojos ese ramo magnífico, esas flores soberbias, rojas como un fuego y con brillo de seda, calientes y carnales como un largo verano. Y recuerdo que cuando fui a buscar el ramo pocas horas después, lo encontré marchito y pegajoso, con esa fulminante decadencia de las amapolas que yo entonces ignoraba, y, lo que fue peor, del corazón de las flores muertas salían bichos, asquerosos insectos negros y peludos que habían estado allí y que yo no había visto, y que me enseñaron, de una vez por todas, ese filo de horror que siempre se agazapa tras las cosas hermosas.

Y otra escena más: la cocina en penumbra, la persiana bajada; afuera, un pesado sol de siesta y de verano apretándose contra la ventana. Entre las tablillas de la persiana se cuelan unos hilos de luz: cortan el aire de la habitación, que es oscuro y quieto como el agua estancada. Mi hermano (el único que tengo, cinco años mayor) está junto a mí y me enseña un prodigio: su mano recortada contra el rayo de sol, roja y luminosa, transparente, mostrando los huesines interiores al trasluz. No escucho en mi memoria sus palabras, no recuerdo sonidos: sólo la sofocante y plácida penumbra y la emoción de que tu gran hermano se avenga a revelarte secretos de la vida tan inmensos como esa mano ardiente y fabulosa. Nunca el tiempo fue tan quieto, ni el sol tan dorado, ni la realidad tan clara y tan precisa, como en esos recuerdos del principio, cuando el mundo se abría bajo tus ojos como un gran regalo envuelto en celofán y seda.

(6-12-92)

Vidas propias y ajenas

La biografía es un género literario en el que siempre han destacado los británicos. Habría que preguntarse por qué ese pueblo gusta tanto de las reconstrucciones personales, de esta inmersión en la vida privada de los individuos. Quizá sea cosa, lo digo por echar mano del tópico, de la tradicional reserva inglesa, de la falta de espontaneidad y del control que ejercen sobre sus personas. Puesto que hablan poco y mal de sus sentimientos personales, tal vez necesiten descubrir en las biografías de otros las turbulencias interiores que encierra toda vida, para así sentirse acompañados en sus propios quebrantos.

Pero tiene que haber algo más, porque los británicos son también muy aficionados al retrato pictórico, como da fe la estupenda exposición de retratistas que organizó la Tate Gallery de Londres en las pasadas Navidades. Se diría que lo que les apasiona es la contemplación del individuo, fijado como algo sólido en el tiempo, más allá de la muerte y de la decadencia. Tal vez sea un sentido de la historia (son también muy buenos historiadores) y de la trascendencia; una voluntad de perdurar en el mundo y de sobrevivir al destino de todos los mortales, que consiste en la desaparición y el olvido final. O sea, una ambición de eternidad desaforada, pero, por otro lado, muy apropiada para un país que hasta hace muy poco fue un imperio y que, como tal, estaba decidido a dejar su huella indeleble sobre la Tierra.

Yo comparto con los británicos esa misma pasión por las biografías y los retratos. Y supongo que también me mueve a ello lo mismo, esto es, la fauta ambición de pervivencia, la ansiedad de no ser tan breves y tan insustanciales como los humanos somos en los mares del tiempo. Sólo que, a diferencia de los ingleses, no ambiciono un destino colonial y únicamente me interesa el humilde imperio de mi propia y pequeña identidad, de mis sueños de ser y seguir siendo. Como a tantas otras personas, por otra parte: porque las biografías son un género literario muy apreciado.

Lo cual resulta de lo más comprensible en un mundo que, como el nuestro, es cada vez más mudable y más incierto, más caótico. La muerte, hoy, es más muerte que hace un siglo, por ejemplo: porque antes los humanos se protegían con las religiones, con el más allá y con el orden social. Las personas tenían la vida bien definida: primero eran hijos, luego novios, luego cónyuges, luego padres, luego abuelos y después morían, en una línea de continuidad claramente marcada que les otorgaba un lugar en el devenir de los humanos. Pero ahora todo eso se ha roto, y el morir se ha agrandado y se ha hecho más absurdo. Ahora somos probablemente más sabios y más libres; pero estamos más solos frente al caos.

Tal vez por eso, digo, gusten tanto las biografías últimamente. Porque le otorgan un simulacro de orden a la existencia. Al leer una vida comprendida desde la página primera hasta la última, parecería que los actos, las felicidades y las desgracias del biografiado adquirieran algún tipo de sentido, una linealidad, un asomo de dirección, como si el sino personal existiera y los humanos fuéramos seres predestinados, cuando en realidad todos nos sospechamos y tememos que nuestra existencia no tiene ton ni son, sino que más bien es un gran lío, una absurda confusión llena de reticencias y de zonas en sombra.

Pero no hay sombras en las biografías, sino un bonito y limpio orden de páginas numeradas unas tras otras. Da igual, por otra parte, que la obra alcance o no hasta el final de la vida del personaje: hay libros maravillosos, como la biografía de Robert Graves, redactada por su sobrino Graves, que sólo abarcan una parte de la existencia; en este caso, los primeros cuarenta y cinco años de la vida del escritor. Pero es muy importante, eso sí, que el personaje ya esté difunto. Porque así, terminada la peripecia vital, podemos cerrar la historia y reinventarla. Mientras que los biografiados que continúan vivos suelen empeñarse en hacer o decir cosas improcedentes que nos rompen el esquema que nos habíamos hecho sobre sus vidas. Para que los biografiados nos puedan servir de espejo de nuestros sueños, primero hay que matarlos.

Por lo demás, en las buenas biografías nos reconocemos a menudo a nosotros mismos: los temores, las ambiciones, las manías, ¡somos tan semejantes los humanos! Pero también nos sorprendemos: *esos* temores, *esas* ambiciones, *esas* manías ¡somos tan distintos los humanos! Las biografías son la apoteosis del *voyeurismo:* te hacen creer que estás atisbando, a través del ojo de una cerradura, al interior de un alma. Pero lo más importante creo que es, ya lo he dicho, la consoladora sensación de finalidad y de sentido que las biografías proporcionan. Y así, sabemos que al principio del libro el personaje nace y que al final fallece; y si se da indefectiblemente ese orden tan exacto de nacimiento y muerte, uno puede soñar que lo que cae en medio, esto es, el resto de la vida, tan confusa y palpitante, tan azorosa, quizá guarde, por debajo de las brumas, cierta lógica.

(17-1-93)

El lenguaje del cuerpo

Siempre me ha fascinado (y a veces espantado) la oscura relación que mantenemos con nuestro propio cuerpo. Es un trato turbio y sin palabras, a menudo crispado, siempre lleno de enigmas. Hay personas que se miman y se aprecian, que se saben reconocer en los espejos, y hay otras, en cambio, que cada vez que se asoman al azogue creen contemplar al enemigo.

A menudo nos maltratamos mucho: comemos lo que no debemos comer, bebemos más de lo que debemos beber, fumamos, somos adictos al café, al valium, al optalidón, a otras drogas mayores. No dormimos, no hacemos ejercicio, o bien hacemos ejercicio tan obsesivamente que, como le sucedió al pobre muñeco inflado de Sylvester Stallone, sufrimos amagos de angina de pecho porque la descomunal musculación nos deja el corazón estrujado. Nos cortamos a cachitos en el cirujano plástico, o nos abandonamos, por el contrario, de tal modo, que terminamos tan gordos y patosos como cebones.

Nuestro cuerpo, ante tanta agresión, aguanta y sigue. Pero no calla. Porque el cuerpo es silencioso, pero no mudo. Tiene otra forma de hablar, de manifestarse, de rebelarse. Venganzas poéticas, sutiles, metafóricas. Es el lenguaje de la carne.

Y así, hay ejecutivos agobiados de preocupaciones que sufren un derrame cerebral. «Me estalla la cabeza» solemos decir, gráficamente, cuando nuestras angustias son más grandes que nuestro ánimo; y, en efecto, las cabezas estallan cuando no pueden contener dentro de sí tanta tensión. Otro caso semejante: hay personas a las que se les rompe el corazón tras una pena demasiado aguda; son infartos por sufrimiento, no por haber abusado de la nicotina, del tocino o del café. Y qué decir de aquellos que padecen úlcera: suelen ser gentes nerviosas que no saben exteriorizar su tensión y que, por lo tanto, se *reconcomen*, esto es, se devoran a sí mismas: el estómago, la maquinaria de comer, se autofagocita.

De la misma manera, quizá las adolescentes anoréxicas que se quedan convertidas en pellejo y huesitos anden buscando de manera inconsciente no pasar jamás a la edad adulta, porque con esa delgadez espectral desaparecen los senos nacientes, las caderas crecientes de mujer, la sangre de la regla: todas las características de la hembra plena. Y así, tal vez buscando ser eternamente niñas, se convierten en cadáveres andantes: porque no hay manera de parar el tiempo, salvo saliéndose de él, o sea, muriendo. Y una reflexión más: el escalofriante incremento de cánceres de mama de los últimos tiempos quizá no sea ajeno al cambio del papel de la mujer en nuestra sociedad. Y no hablo de cambio en la dieta o en las costumbres higiénicas, sino de funciones y de significado. Quiero decir que las mujeres abandonan sus funciones tradicionales y entran en el terreno que antaño acotaron los hombres para sí y, como las legendarias amazonas, han de pagar el precio de cortarse un pecho. Y es que el cuerpo crea sus propios mitos, y sus metáforas pueden resultar aterradoras, como en este caso.

Y llegamos así al sida, ojo del huracán del dolor de la carne en nuestros días. Teniendo en cuenta esa capacidad emblemática de lo corporal, la fuerza sin palabras del lenguaje físico, no cabe duda de que el sida representa hoy demasiadas cosas: es nuestro tabú, el agujero negro de la vida, la oscuridad que nos acecha. Una muerte que se lleva en la sangre (como toda muerte, por otra parte) y que se contagia a través del amor. Eso ya lo sabíamos: conoce el ser humano desde hace milenios que el sexo y la muerte van unidos, que son las dos caras de la misma realidad de la existencia. La única diferencia es que ahora ese conocimiento metafísico se ha concretado en una realidad física que se puede atrapar bajo el cristal de un microscopio. Un salto muy apropiado para un mundo tan positivo y tecnificado como el nuestro.

Leo en el periódico que en los arrabales urbanos de Estados Unidos las niñas quinceañeras hacen el amor a pelo con muchachos portadores del virus del sida, como ordalía de ingreso a las bandas de adolescentes callejeros: creen demostrar así que son lo suficientemente duras como para ser admitidas en la pandilla. Se pensarán las pobres que su actitud es activa, moderna, heroica, y en realidad es la vieja historia de la mujer que ha de pagar con su sexo el lugar que ocupa. Pura pasividad, entrega masoquista, dejación entera de sus vidas frente al dominio del varón. Y el sida ocupando un lugar simbólico en todo ello, dibujando de nuevo la línea de la muerte, de la desesperación, del miedo y del poder sobre las borrosas líneas anteriores. Ahí está el sida, en fin, convertido en una deidad oscura, tiránica y terrible, que exige sacrificios cotidianos. Es el nuevo dios de un mundo ateo.

(23-5-93)

El más acá

Yo no sé si es cosa de un viento milenarista, que empieza a recorrer la tierra, camino del año 2000, con su aliento de fuego; o si es que los periodos de crisis (económica y de valores) fomentan la irracionalidad y el fanatismo. El caso es que veo brotar por todas partes sectas nuevas y florecer con nuevo vigor los dogmas antiguos. Anda el personal con la credulidad temblorosa y abierta, dispuesta a aferrarse a cualquier cosa.

Desde hace un par de años, por ejemplo, vengo recibiendo cartas de lectores empeñados en rescatar mi alma de la ciénaga del agnosticismo. Quienes me escriben son católicos corrientes y molientes, o bien cristianos de congregaciones y sectas diversas. Los hay encantadores, inteligentes, poco dogmáticos; y otros, un poco plastas y demasiado convencidos de que su obligación es convencerme. Antes jamás había recibido mensajes de este tipo; ahora cada día son más abundantes. A menudo me pregunto el porqué de este correo misionero, pero carezco de una respuesta definida. Quizá influya, como antes he dicho, el vértigo y la inseguridad del tiempo en que vivimos: lo que suelen buscar los salvadores de los demás, claro está, es salvarse ellos mismos. Pero tal vez hayan visto también en mis artículos ciertas reflexiones sobre la espiritualidad, y a lo mejor por ello han considerado que la mía era un alma descarriada pero lo suficientemente macerada como para escuchar las voces de algún dios.

Quisiera que quedara claro, sin embargo, que no es necesario creer en ninguna divinidad ni en ninguna religión para saber oír el canto oscuro de la vida profunda. Esto es, de aquello que no tiene palabras, que carece de forma; que está fuera del tiempo y del espacio. De todo lo que no sabemos sobre el mundo y sobre nosotros mismos, que es muchísimo más que lo que conocemos. La existencia entera es un misterio, pero vivimos de espaldas a él: nuestra sociedad es demasiado simplista y positiva.

Antes, cuando las religiones formaban parte de la vida cotidiana y eran el marco obligado de la realidad, la gente convivía con el misterio: creían en milagros y demonios, en ángeles y apariciones, en rituales y magias. No hecho de menos esa época de la humanidad: era inculta, carnicera y fanática. O más inculta, carnicera y fanática que la época actual, que aún lo es en exceso. Pero es cierto que hoy no existe lugar para el misterio (o sea: para el enigma radical de nuestras vidas) en esta sociedad de computadoras y ejecutivos. Como tampoco hay lugar para lo maravilloso. Y, sin embargo, hasta el niño más pequeño, o quizá justamente el niño más pequeño, sabe que lo maravilloso está por todas partes: maravillosa es una mosca, que vuela y zumba y se las arregla para buscarse la existencia en el calor de la tarde; maravillosas son nuestras manos, que se abren y se cierran tan obedientemente, que acarician, sienten, escriben a máquina, sujetan objetos. Maravilloso es mirar y ver, y pensar, y soñar. Y caminar sin caerse, y que haya nubes en el cielo, y recordar todas las mañanas, al despertar, tu propio nombre.

De modo que lo que la gente suele entender hoy por realidad no es más que un aspecto muy limitado de la vida real: es sólo lo tangible, lo mensurable, lo sujeto a cómputos e impuestos. Cuando se habla en literatura de realismo, por ejemplo, a menudo sólo se están refiriendo a una suerte de costumbrismo testimonial y chato. Pero la realidad es mucho más que eso. En la realidad están las cosas y su ausencia, la fantasía y el miedo, lo imaginario y lo que ni tan siquiera somos capaces de imaginar. Ésa es una de las razones, me parece, por las que la gente va al cine, y al teatro, y lee libros: porque necesita dejar un lugar en su vida para lo misterioso, lo mágico, lo fantástico. No debe de ser casual que el auge de la novela empezara en el siglo XIX, coincidiendo con la decadencia social de las religiones.

Ahora bien: reconocer que vivimos en la punta de un iceberg y que a nuestros pies se abren esos abismos de incertidumbre, tierra incógnita de lo que es la vida y el universo, no implica la fe ciega (porque toda fe es, por definición, irracional) en ninguna religión concreta. A decir verdad, es difícil que la idea de un dios justiciero y antropomórfico te quepa en la cabeza: es demasiado simple, demasiado cándida, demasiado parecida a la necesidad que los humanos tenemos de una figura semejante. Lo digo para esos lectores tan amables que parecen empeñados en convertirme: una no está hambrienta de dogmas y divinidades, de paraísos y de infiernos. Es más: cuando me hablan los creyentes de glorias metafísicas, de milagros ultraterrenales y de los arcanos insondables del más allá, siempre me asombra su falta de percepción de la realidad. Porque el enigma reside en nuestras vidas cotidianas. El verdadero misterio está en el más acá.

(18-7-93)

Cosas de la vida

El horror

El horror no reside en la erupción inesperada de un volcán que calcina a centenares de personas ni en riadas que arrasan poblaciones en su avance mortal de sangre y fango. Éstas son las calamidades del azar, y conforman la tragedia, el infortunio. Pero no forman parte del horror.

El horror no tiene una progresión cuantitativa, sino cualitativa, de sustancia. El número de víctimas no basta para definir lo horripilante, porque el horror se asienta en la consciencia, en la crueldad planificada, en la voluntad de ser horrible. El horror es un atributo humano y ha de ser ejecutado por personas. Cuando Xabier Onaindía, diputado del Parlamento vasco, aparece con la cara quemada tras unos interrogatorios policiales es cuando nos enfrentamos al horror. Y cuando le rompen los huesos a Marianela en El Salvador, antes de agraciarla generosamente con la muerte. O cuando Isabel —¿del PCEr?— sale de comisaría con los pies como una pulpa triturada. En el mundo, dice Amnistía Internacional, cientos de miles de personas han sido asesinadas (¿torturadas?) por autoridades civiles en sólo los últimos diez años: es la apoteosis de lo horrendo.

De Barbie, el nazi *carnicero*, se dijo que era un monstruo. Al torturador convicto (que es el torturador con mala suerte o poco hábil) se le etiqueta de loco, de distinto. Insistimos en no reconocer al horror, tan hijo nuestro, y su ferocidad se multiplica alegremente al abrigo de este sucedáneo de inocencia. Porque el horror nos pertenece del mismo modo que también son nuestras esas pesadillas de la noche que nos apresuramos a olvidar. El horror no es una enigmática irrupción de lo maligno, no es un brote de perversidad caído del cielo: tiene sus causas, su funcionalidad bestial, su origen interno. El verdugo es un profesional, un simple funcionario del espanto.

Vivimos habitados por el horror, amigados al horror, horrorosamente indiferentes ante las manifestaciones de lo horrible. Dudamos de la veracidad de las torturas, olvidamos que existen los verdugos y a veces nos decimos que la víctima *algo habrá hecho*. Vivimos de espaldas al horror porque tenemos miedo a caminar de frente y verlo reflejado en un espejo.

(26-3-83)

Truculencias

Voy a contar una historia truculenta, la historia de una menor que ha sido violada por su padre. Gema, se llama ella, y para mayor miseria es *débil mental.* Cuando sucedió todo sólo tenía quince años. La madre era asistenta. El padre estaba en paro: tenía todo el tiempo y la impunidad del mundo para abusar de Gema. Fue denunciado por su esposa el 9 de septiembre de 1981. Tardaron dos meses en procesarle (meses que el *violador* empleó en seguir violando) y, cuando lo hicieron, el amable juez le dejó en libertad sin fianza. El libérrimo padre aprovechó la coyuntura para continuar desgarrando a la muchacha, esta vez por el ano, produciéndole lesiones por las que la chica tuvo que ser internada en la clínica 23 de Octubre. Además, *maltrató* a su mujer y la amenazó de muerte si proseguía en sus denuncias, de modo que las abogadas de la niña tuvieron que recurrir al ministerio fiscal, que ordenó al fin la detención del padre el 29 de enero de 1982. Por cierto, todos los interrogatorios se hicieron en la sala de oficiales. Allí, delante de una muchedumbre que interrumpía el teclear a máquina y aplicaba la oreja, la niña fue obligada a describir cómo la desnudaba el padre, cómo y por dónde la follaba. Llegó el juicio oral: el padre admitió haber hecho el amor con Gema. Ella dijo que consintió porque tenía miedo; el hermano de la niña (catorce años) declaró que el padre les pegaba mucho, tanto a Gema como a él; la madre contó, en su inocencia, que la niña había quedado embarazada del padre y que la había llevado a Londres a *abortar*. La sentencia dictaminó estupro y no violación, como si la chica hubiera disfrutado; se hablaba del «marido de la madre» y no del padre, evitando la agravante del incesto; no se hacía mención alguna a los malos tratos denunciados, pero, eso sí, se recogía el delito de aborto cometido, «hecho del que conoce el Juzgado Central competente». Total: cuatro años de cárcel para el hombre. Las abogadas recurrieron al Tribunal Supremo, que acaba de fallar reconociendo la paternidad y, por tanto, el incesto, y aumentando la pena dos meses y un día, que es el mínimo. El juez que llevó el caso es Scampa, que ha sido ascendido a magistrado de la Audiencia. Dentro de poco, supongo, procesarán a la madre y a la niña. Por aborto.

(3-11-83)

Tratamiento de choque

No sé quién es el padre de la idea, el genio patrocinador de tan galvanizante iniciativa. No sé si su intención consiste en aumentar la productividad, a modo de solapado agente empresarial, o si, por el contrario, le mueve un afán caritativo y generoso, un deseo de reconfortar a los *currantes*, de calentarles las entrañas. Cosa que, desde luego, logra.

Sucede por las mañanas, muy temprano, cuando las nieblas aprietan y las calles despiertan envueltas en el contaminado sudor de asfalto de la víspera. Sucede en el extrarradio de Madrid, allí donde la ciudad pierde su nombre, en las barriadas dormitorio, residenciales o paupérrimas. Sucede en las flamantes líneas de autocares que unen el más allá con el centro urbano laboral, en esos autobuses que te trasladan del cobijo de la cama al duro tajo sin más preámbulos. Un trauma.

Y quizá por eso, porque es muy duro levantarse aún de noche, y meterte en un autobús aún dormido, y llegar a la oficina aún indefenso, con el sueño enredado en las pestañas y toda la fragilidad nocturna en la conciencia, quizá por eso, digo, una de las líneas de autocares ha instalado un modelo de despertador para usuarios, un sistema de *shock* que nunca falla: pasan una película pornográfica en la pantalla de vídeo del vehículo.

Y así van los pasajeros, despepitados. Imaginen ustedes el efecto que produce a esa hora cruel de la mañana. Suba usted a un autocar a eso de las seis de la mañana, con resaca de sueños, vahídos matinales y un resto de apresurado café con leche en la garganta, y empiece a ver epidermis en guerra, superficies rosadas en fricción, cueros y ligas, trajín carnal a todo trapo. Porque los vídeos entran en función sin previo aviso y son *fuertes*. Los bostezos se petrifican, las legañas se congelan cual carámbanos y cualquier tentación de somnolencia se fulmina.

Dicen los que han vivido la experiencia que en el trayecto no se escucha ni un vuelo de mosca, ni un gruñido de trabajador cansado, ni una tos griposa, ni una risa. Hasta ahora no ha habido que lamentar ningún colapso. En todo caso, alguna desazón sin consecuencias.

(18-12-83)

Oposiciones

El mes pasado se celebró una oposición para cubrir ocho plazas de vigilantes de seguridad en un aeropuerto de Tenerife. Se presentaron seiscientos cuarenta y ocho participantes, seiscientas cuarenta y ocho criaturas que quedaron sumidas en un pasmo al recibir las preguntas del examen: «¿Cuáles son las vías del misticismo?», «¿De qué país es capital Bamako?», «¿Quién escribió *El gran duque de Moscovia?»* y demás menudencias culturales.

Cierto es que faltan puestos de trabajo y sobra gente, que hay licenciados en Exactas que trabajan dándole a la pirindola en cualquier bingo, por ejemplo. Cabría pensar que nuestra sociedad le va tomando el gusto a esta inerme sobreabundancia de parados, y puede que, de ahora en adelante, las señoras de la limpieza tengan que saberse al dedillo los desviacionismos de Arriano, y que los *pistoleros* de aeropuerto, mentada sea la pistolería con todos los respetos, sean señores con hondos conocimientos de astrofísica. Con lo cual se matan dos pájaros de un tiro: por un lado se descalifica fácilmente a esos pesadísimos parados que siempre se presentan a centenares a cuanta oposición existe, y por otro se mete en cintura a los trabajadores levantiscos. Porque usted, que es jefe administrativo en una empresa, pongo por caso, y que no tiene ni repajolera idea de cuáles son las vías del misticismo (vamos, confiese), ¿cómo va a tener la desfachatez de protestar porque le han congelado el sueldo este año cuando ni siquiera sabe contestar a una pregunta tan sencilla, propia de una oposición a empleo primario?

Claro que quizá no sea éste el verdadero trasfondo del asunto. Teniendo en cuenta que hace unos meses se celebró en Málaga un examen para policías municipales en el que hubo preguntas del tipo de «¿Dónde vive el artrópodo llamado peripato?» y «¿En qué año nació el político sueco Olof Palme?», podría deducirse una profunda intencionalidad política, una magna estrategia progresista, a saber: todo aquel que vaya a llevar armas, ya sea policía o vigilante, ha de ser tan culto o más que un cátedro. Algo así como la revolución cultural de Mao, pero sin chinos. Cualquiera sabe. Los designios de nuestras instituciones son como los de Dios: inescrutables.

(1-8-84)

Mendigos

Leo en la prensa que, según informaciones municipales, la mayoría de los que piden limosna en Madrid han profesionalizado la mendicidad. «¡Ya lo decía yo!», exclamarán los miles de ciudadanos que opinan que los *pobres* no son de verdad pobres, sino unos canallitas que se enriquecen despampanantemente a golpe de limosna y desparpajo.

Esto me recuerda un suceso de hará cosa de un mes. A una anciana mendiga le robaron sus ahorros: más de dos millones de pesetas. Unos dineros que la mujer había reunido fácilmente en el año y pico que llevaba viviendo de la caridad urbana. Antes había sido una simple ama de casa, mujer de un barrendero. Luego su marido murió, y ella se echó a la calle. Seguramente jamás había logrado reunir en su vida una suma tan grande. Nunca debió de ser tan rica como cuando ejerció de pobre.

Quizá todo empezara como una vulgar rutina de miseria. Es probable que, al enviudar, la mujer se viera obligada a pedir limosna para sobrevivir. La sorpresa fue descubrir que así ganaba mucho más que su difunto marido barriendo las porquerías del asfalto. Y así siguió, andrajosa y paupérrima como buena mendiga, durmiendo en los bancos, comiendo mendrugos, guardando sus pesetas en una bolsa de trapo, palpando su creciente tesoro, sus ganancias intactas. Hasta que un día se las robaron. Las llevaba siempre encima, porque carecía de casa.

Hubiera podido vivir muy bien con esos dos millones, no necesitaba maldormir al frío en un portal. Oh, sí, la mendicidad le reportaba unos ingresos fuertes, en eso tienen razón los suspicaces. Pero ella metía todo en su bolsón. Quizá estuviera ahorrando para comprarse un piso, o para entrar en un asilo. Pero lo más probable es que guardara el dinero por puro miedo, como previsión ante un futuro tenebroso. Anciana y mendiga como era, no sé qué mayor calamidad podía depararle el porvenir. Pero la entiendo. Es un miedo ancestral, una indefensión de siglos marcada por un tatuaje en la memoria. Es el miedo del pobre en quien la pobreza ha hecho costumbre. Qué importan los supuestamente pingües beneficios, qué importan los dos millones de pesetas: hay muchas formas de miseria.

(25-8-84)

McDonald's

Si un día usted comete la debilidad de deglutir una hamburguesa de McDonald's, hágase la cuenta de que es como si se estuviera tragando un ladrillo de las pirámides de Egipto. Porque esta empresa cultiva unos usos laborales faraónicos: cuatro empleados madrileños acaban de ser despedidos por promover elecciones sindicales. Los McDonald's acaban de reinventar al siervo de la gleba.

Eso sí, como señores feudales son magnánimos. En un *Manual del empleado* que la casa reparte, un verdadero incunable de diez folios, la rumbosa empresa incluso ofrece días libres por la muerte de un familiar o el nacimiento de un hijo. El hecho de que estos días libres estén regulados por la ley y no sean un regalo de McDonald's no empaña el donaire de la oferta.

Otrosí, la empresa dictamina que sus empleados no pueden llevar barba, que los bigotes y las patillas han de ser de unas dimensiones especiales o que se permite el uso de bisutería sólo cuando «sea de buen gusto y de pequeño tamaño y cantidad». En un depurado estilo paternal se explica la bicoca de estar en una firma como ésta, que, entre otras compensaciones, tiene la de organizar de cuando en cuando meriendas y excursiones entre sus empleados. Además, «una de las mejores cosas al trabajar para McDonald's es la obtención de su excelente comida de forma gratuita», a razón de un *sandwich* cada cuatro horas de trabajo. McDonald's, que se define como empresa de buenas intenciones y «progresiva» (debe de querer decir que van abriendo chiringuitos en progresión geométrica), admite que incluso en semejante paraíso puede surgir algún problema, y te aconseja que en tal caso te dirijas a tus jefes o al mismísimo presidente de la firma. Porque una cosa es la petición de gracia humilde e individual, y otra esa aberración de los derechos laborales. Ya lo dice el *Manual:* «Los empleados fuera de servicio no deberán llegar al restaurante más temprano de lo necesario para comenzar su turno, y deberán marcharse tan pronto como les sea posible al terminar el trabajo». No sea que los esquilados y repeinados siervos se reúnan y piensen. Los reyes de la albondiguilla aplastada son astutos.

(7-2-86)

Coba

Pues nada, ya tenemos al príncipe Felipe ocupando su lugar en las encuestas. Una revista nacional acaba de proclamarle como uno de los veinte hombres con más *sexy* de España. No cabe pensar en prueba más palpable de la mayoría de edad del heredero; más que al presidir desfiles, más que al asistir en solitario a banquetes y actos oficiales, la adultez del príncipe se manifiesta en su inclusión en las adulaciones oficiosas, en la ronda de cucamonas cortesanas. Se ve que el personal, con fino instinto, ha decidido que el muchacho ya empieza a gobernar su propia vida y su prestigio. A partir de ahora, el príncipe aparecerá también en las listas de los españoles más elegantes, de los que guiñan mejor el ojo, llevan la corbata más original o se peinan más guapamente con raya a la derecha; y será nombrado Cítrico de Honor y le concederán el Garbanzo de Uralita. En fin, la mandanga pelotillera habitual.

Siempre me ha fascinado esa enigmática tendencia del ser humano a incluir a los personajes influyentes en cuanta encuesta laudatoria se le pase por el magín. El Rey, la Reina, los presidentes de Gobierno y los selectos mandamases parecen reunir, mientras les dura el cargo, las más diversas y abrumadoras cualidades personales. Paso incluso porque Felipe González aparezca repetitiva y abusivamente en todas esas listas de donaire viril y otros etcéteras; pero que los catalanes escogieran hace algún tiempo a Pujol entre los caballeros más atractivos del país me resulta verdaderamente lacerante.

Yo no sé si estos desmanes lisonjeros se cometen a conciencia, es decir, si la gente cita a los de arriba con el afán de hacerse los simpáticos y procurarse así alguna prebenda, o si todo se debe a un embeleso ancestral por el poder, a un adorar las jerarquías por su esencia misma de jerarcas, a un alma servil que les traiciona y que obnubila de modo fatal su entendimiento, haciéndoles creer, por ejemplo, que el labio leporino del jefe de su oficina es en realidad un rictus encantador a lo Clark Gable. Y no sé qué me parece más descorazonador y más abyecto, si la coba ladina e interesada o el requiebro sincero pero memo.

(12-7-86)

San Teleco

Lo escuché casualmente en los informativos de Radio Tres, porque nadie más se había hecho eco de tan pasmoso asunto. Hete aquí que, el viernes 5 de diciembre, trescientos mostrencos embriagados que pasan por ser estudiantes de Telecomunicaciones asaltaron el edificio de filosofía B de la Complutense al enjundioso y refinado grito de «queremos follar».

Los susodichos, que a lo que parece llevaban el cerebro en la entrepierna y habían llenado el retumbante vacío de su caja craneal con unos barrilitos de cerveza, destrozaron las aulas, pegaron a los alumnos, derribaron las puertas de los retretes en donde se habían refugiado despepitadamente las mujeres, las desnudaron rasgándoles las ropas con el vidrioso filo de las *litronas* rotas, y luego, en fin, mantearon alegremente a unas cuantas. Como los humanoides asaltantes tenían a la sazón completamente beoda la neurona, las chicas se les cayeron de las mantas y se abrieron la cabeza tontamente. La policía tardó cuarenta y cinco minutos en llegar. Fue todo la mar de divertido.

No se inquieten ustedes, sin embargo: los agresores no son *punks* rabiosos ni estudiantes extremistas. No y mil veces no: los trescientos marmolillos que asaltaron Filosofía son buenos hijos de familia, futuros ingenieros de la nación, guasones y rectos muchachitos que estaban honrando a *san Teleco*, un patrón de su invención, con una fiesta que repiten cada año y que suelen celebrar de esta manera. Son bromas propias del ingenio universitario, de ese rancio talante estudiantil que brilla con especial fulgor en las tradicionales novatadas, las cuales, como todo el mundo sabe, consisten en torturar de un modo muy chistoso a los incautos.

A una, visto el estilo que estos burros se gastan, le entran ganas de ponerse a tono y gritar alguna finura del tipo de «a los de Telecomunicaciones hay que cortarles los cojones». Pero yo prefiero cultivar mi razón y no mis bajos. Así es que me contento con que se reconozca a los agresores, para que puedan ser expulsados de la Escuela y procesados.

(13-12-86)

Formas

Es fácil imaginar al señor Guerra anegado de santa indignación por el asunto del Mystère. «¡Qué país de bárbaros!», exclamará probablemente ante sus íntimos, fruncida la boca en un mohín de disgusto imperial. En qué Estado moderno impedirían el paso a las raudas comitivas oficiales. Que le digan a Reagan, por ejemplo, que se ponga en fila en un peaje. «Somos un país de opereta», aducirán, enardecidos, los guerristas y Guerra. Y don Alfonso se sonreirá con displicencia, derramando desprecio por la comisura de los labios y pensando que esta sociedad cerril no merece su afilada mente de estadista.

Desde luego, el asunto es una menudencia. O sea, un detalle. Una cuestión de formas. Sólo que las formas son un espejo del fondo de las cosas. De la esencia. Los propios socialistas, que no son ni mucho menos tan tontos como a veces parecen, saben bien la importancia de lo formal. Recordarán ustedes que al principio no hacían sino hablar de la utilidad de los detalles. Había que tratar de usted al presidente. Y guardar protocolos. Y crear la figura del jefe de la oposición, para darle más lustre al tingladillo. Todo lo que sea reforzar lo institucional les parece de perlas. Son, en suma, celosos guardianes de las formas que contribuyen a la construcción de una formalidad superlativa.

Ahora bien, cuando Felipe se embarca en el *Azor*, cuando Guerra pretende colarse y luego tiene el morro de pedir un Mystère; cuando rompen, en fin, las formas de la coherencia y de lo digno, la cosa es diferente. Qué tontería emperrarse en un detalle tan nimio y tan carente de sentido, argumentan. Porque las formas sólo parecen guardar significado para ellos cuando se ciñen a los rituales del poder.

Estoy segura de que Reagan pasaría como una exhalación ante el atasco. Pero también sé que, en Suecia, los mandamases en vacaciones se esperarían su cola. Todo depende de las formas que escojas respetar. Es decir, del concepto del mundo que poseas. Porque las formas son un reflejo de lo que llevas dentro. O sea, que se les ve el plumero.

(9-4-88)

Fiesta

Me lo acaban de contar Patricia Pau, Verónica Zabala y Vicky Moor, aunque ocurrió hace unos meses. Pero, por desgracia, es una barbaridad muy habitual en nuestros pagos, para júbilo de zopencos y salvajes. Fue en las fiestas de Fuente el Saz del Jarama, el último 9 de septiembre. Soltaron una vaquilla por las calles, apenas una ternera de peluche. Tan joven aún que, en vez de embestir, jugueteaba. Demasiado mansa le pareció al personal esa lactante fiera, de modo que se aplicaron, durante media hora, a enseñarle ferocidad atizándole con piedras y con palos.

Hecho lo cual, la novilla fue encerrada en un cercado, momento que aprovechó la muy jaranera peña El Derribo para subirse a un coche viejo y atropellar al animal tres o cuatro veces. Fue una risa. A estas alturas, la vaquilla, que debía de ser de mala calidad porque se estropeó en seguida, ya era incapaz de levantarse del suelo. Sólo podía mover la cabeza y el cuello, sangraba por el hocico y gemía como si no fuera una vaca brava, la muy estúpida. Desilusionados por su evidente falta de colaboración en un ritual tan racial y vistoso, unos cuantos mozos intentaron levantarla para poder seguir la juerga. Pero el bicho debía de tener el espinazo roto, porque su cuerpo estaba paralizado y no hacía otra cosa que bramar agónicamente cuando la movían. Así es que la volvieron a tirar al suelo y se entretuvieron pateándola un poquito. Luego un hombre le cortó en vivo una oreja y se la ofreció con galante finura a una señora.

Ahítos ya de tanta diversión, decidieron degollar a la ternera, aunque el matarife no atinó del todo bien con la escurridiza yugular y el animal se empeñó en seguir resoplando aún un buen rato. Un caballero hizo saltar entonces a su hijo de ocho años sobre el flanco convulso de la vaca, instructivo juego que enseña a los infantes a ser verdugos. Vendrán otros septiembres, vendrán otros horrores y otros dolores a los que llaman fiestas. Qué desesperación tener que compartir país con esta españolidad feroz y asilvestrada.

(13-5-89)

Gitanos

Afortunadamente, y como de todos es sabido, en este país no somos nada racistas, certidumbre ésta la mar de tranquilizadora, desde luego. Porque así, cuando escuchas por la radio que en Atarfe, un pueblo de Granada, hay una piscina que cobra trescientas cincuenta pesetas de entrada al personal *pero* seiscientas pesetas a los gitanos, no puedes caer en la zafia y simplista explicación de que se trata de una arbitrariedad racial. Eso, ya está dicho, es imposible: los españoles somos seres virginales en cuanto a discriminaciones de ese tipo.

Claro que entonces me queda la inquietud de preguntarme el porqué de una medida tan chocante. Dentro de la lógica de una sociedad mercantilista, si han de pagar más, será que consumen más servicios. ¿Qué tendrán los gitanos que no tengamos los payos para desgastar la piscina doblemente? ¿Serán quizá de una avidez natatoria inusitada y acapararán las aguas todo el día? ¿O tal vez, y por el aquel de poseer una piel más bien cetrina, aguantarán doble ración de sol que los demás?

Estaba una sumida en el desasosiego de estas dudas cuando el dueño de la piscina explicó el asunto. No es verdad que se cobre más sólo a los gitanos, dijo, sino que el aumento también se aplica a todos los que puedan molestar a los bañistas. Profundas palabras de las que se pueden extraer esclarecedoras conclusiones. Primera, que por lo que se ve los gitanos no son bañistas. Segunda, que, por tanto, la entrada que se les cobra no es para bañarse, sino para molestar a los demás. Y tercera, que, puesto que pagan por semejante derecho un precio exorbitante, espero que puedan ejercerlo libremente y que se dediquen a escupir a los vecinos, meterles el dedo en el ojo a los infantes, pellizcar las nalgas temblorosas de los obesos y arrearle un buen rodillazo en los bajos a ese dueño tan poco racista. Porque las seiscientas pesetas dan para cometer un buen número de impertinencias y maldades.

(15-7-89)

7.000

Que me los presenten. Que me presenten a esos 7.000 madrileños que abandonaron a sus perros el verano pasado para irse con toda tranquilidad de vacaciones. Que me presenten a esos 7.000 energúmenos capaces de dejar atrás, con impavidez espeluzante y una pachorra inmensa, los hocicos temblorosos y las miradas dolientes de sus animales.

¿Cómo lo harán? ¿Apearán al perro en mitad de un campo solitario y huirán después a todo rugir de coche, con el pobre bicho galopando espantado detrás del guardabarros hasta que su aliento ya no dé para más? ¿O quizá lo llevarán a algún barrio lejano y escaparán aprovechando algún descuido, un amistoso encuentro con otros perros o un goloso olfatear de algún alcorque? No les importa que luego el animal, al descubrirse solo, repase una vez y otra, con zozobra creciente y morro en tierra, la borrosa huella de sus dueños, intentando encontrar inútilmente el rastro hacia el único mundo que conoce. Son 7.000 sólo en Madrid: el censo estatal de malas bestias puede aumentar bastante.

Que me presenten a esos tipos que tuvieron el cuajo de tumbarse con la barriga al sol en una playa, plácidos y satisfechos tras haber condenado a sus perros, en el mejor de los casos, al exterminio en la perrera, y, más probablemente, a una atroz y lenta agonía en cualquier cuneta, con el cuerpo roto tras un atropello. O a servir de cobaya en un laboratorio, o a morir en las peleas de perros, espeluznantes carnicerías que, aunque ilegales, parecen estar en pleno auge como juegos de apuestas. Que me presenten a esos seres de conciencia de piedra. Quiero saber quiénes son, porque me asustan: si han cometido un acto tan miserable e inhumano, ¿cómo no esperar de ellos todo tipo de traiciones y barbaries? Probablemente pululan por la vida disfrazados de gente corriente: es una pena que las canalladas no dejen impresa una marca indeleble.

(16-6-90)

La fuerza del deseo

Los veíamos en televisión hace apenas año y medio cuando empezó a desplomarse el mundo antiguo, cuando el muro de Berlín se desbordó. Ahí estaban, en nuestras pantallas, cientos de hombres y mujeres de los países del Este vendiendo toda su historia y su cultura, no ya por un plato de lentejas, que a fin de cuentas es comida recia, sino por una miserable pizza precocinada y congelada o por unas galletitas de llamativo envase.

Y era tal su fervor consumista que parecía que los duros avatares de la reciente historia, los heroísmos revolucionarios, las matanzas de Stalin, los sueños y los espantos; que tanta pasión y tanto dolor, en fin, invertido a lo largo de los años en los ideales socialistas, no habían desembocado sino en un enorme y centelleante supermercado atiborrado de chucherías y pirindolos.

No acababa entonces de entender cómo se había podido derrumbar el sistema político de medio planeta por tan poca cosa. Que los ciudadanos del Este lucharan contra el totalitarismo de sus países era perfectamente comprensible; pero es que dichos ciudadanos, más que querer la libertad, parecían querer perchas de colores, flanes de polvos instantáneos, vaqueros con remiendos en las canillas. Desconcertante.

Hasta que un día, en Alemania, creí intuir lo que había detrás de todo esto. Fue hace casi un año, en un Berlín al que todavía llamaban Oriental, en un pequeño supermercado cuyas baldas acababan de llenarse por vez primera con los multicolores productos de Occidente. Por los pasillos del supermercado se paseaban, embobados, decenas de posibles compradores, empujando muy garbosamente sus carritos vacíos. Porque los productos occidentales eran muy caros para sus economías, y aunque se pasaban horas en el supermercado, a la postre sólo adquirían con toda prudencia un par de cosas. Hablé con algunos de los clientes, comentando la situación del país. Y recuerdo especialmente a una mujer de unos sesenta y cinco años, de rostro inteligente, los ojos caramelo y el pelo blanco.

«¡Claro que estoy contenta con la caída del muro!», dijo la mujer. «Mira, mira alrededor», explicó, señalando las baldas atiborradas de productos, los paquetes de papel charol chisporroteante:

«Mira todas las cosas que hay ahora. Antes no había nada; ahora puedes comprar de todo». «Sí, ahora hay cosas que comprar», contesté, «pero, tras la unificación, quizá usted ya no tenga dinero para poder comprarlas». Entonces la mujer contempló su carrito, en el que viajaba, entronizado, un único y diminuto paquete de galletas, y sonrió un poco: «Pues si no tengo suficiente dinero será cuestión de hacer economías».

Era, ya lo he dicho, una mujer mayor. Sin duda había vivido la guerra mundial, y luego una posguerra que en Alemania Oriental fue especialmente dura. De modo que tenía que haber pasado grandes penalidades: hambre, sufrimientos; y, cuando hablaba de «hacer economías» seguramente sabía muy bien de lo que hablaba. Y sin embargo no mostraba ninguna duda. Estaba segura, convencida; quería el supermercado lleno aunque ella no pudiera comprarlo. Probablemente porque si las cosas estaban allí, siempre cabía la esperanza. Es decir, uno siempre puede sacar el premio gordo de la lotería. O atracar un banco. Y entonces, con el dinero en la mano, la sociedad occidental te promete todo tipo de aventuras extraordinarias. Mientras que la sociedad socialista sólo prometía comida, casa, un relativo bienestar, seguridad, trabajo. O sea, una rutina inaguantable.

De modo que empiezo a pensar que no es el consumo en sí, sino el deseo, lo que nos hipnotiza y nos conmueve, lo que ha derribado el muro de Berlín y las estatuas del camarada Stalin. En las sociedades socialistas tu futuro está minuciosamente escrito en los planes quinquenales, y no puedes ser otra cosa que la que eres. Pero de todos es sabido que el ser humano es una extraña criatura que siempre desea aquello que no tiene, que añora vidas que no son su vida y envidia recuerdos que no son suyos. Los países del Este intentaron acabar por decreto con el deseo y la pifiaron.

La sociedad de consumo, en cambio, se basa en el deseo. Lo traiciona, lo atontolina, lo convierte en una caricatura de sí mismo. Lo reduce a una moda o a la compulsiva posesión de diez pares de botas, pongo por caso. Pero da una salida, aunque sea enfermiza, a esa básica locura que padecemos todos. Los bolcheviques creyeron que la realidad podía ser estrictamente mensurable y que respondía a las reglas de la lógica. Se olvidaron de los ensueños y de los delirios de las personas, y de que el deseo, esa absurda ansiedad por tener lo que no se tiene y ser lo que no se es, nos hace humanos.

(3-3-91)

El corazón del Norte

Estoy escribiendo este artículo instalada en el Norte, en el corazón del Norte, en el ombligo mismo del llamado mundo occidental. Es decir, me encuentro en Estados Unidos. Hacía seis años que no pasaba una temporada larga en estas tierras, y me ha sorprendido descubrir lo mucho que ha proliferado, en este tiempo, el negocio de los contactos telefónicos.

Los más abundantes y evidentes, claro está, son los contactos eróticos. A partir de las diez de la noche, traspasado ya el límite de la respetabilidad, algunos canales privados de la televisión se llenan con los anuncios de las *líneas calientes:* decenas de espacios publicitarios, uno detrás de otro y todos iguales, en los que se puede contemplar la más aburrida colección de señoras de agitadas melenas, ora en biquini, ora en traje de noche de escote abisal y satén perverso, diciéndole a la cámara con ojos estrábicos: «Llá-ma-me», y poniendo unas boquitas de rosquilla que para sí hubiera querido Sara Montiel en sus mejores años.

Algunos de estos negocios son, en realidad, casas de citas camufladas, esto es, llamas y te envían una chica. Pero la gran mayoría son exactamente lo que son, servicios eróticos por teléfono. No son baratos: en general cuestan unos cinco dólares por minuto (quinientas pesetas), y casi todos establecen un tiempo mínimo, diez o doce minutos. De modo que el susurrar guarradas te sale por lo menos por cinco mil pesetas; y, sin embargo, vista la increíble cantidad de anuncios y de líneas, el negocio debe de marchar estupendamente. Supongo que el miedo al sida ha debido de influir en este proceso de erotización aguda de la oreja.

Pero no es eso sólo. Porque, junto con las *líneas calientes*, también han proliferado otros servicios telefónicos. Las *party lines* (líneas festivas), por ejemplo, dirigidas tanto a hombres como a mujeres, y que es un teléfono al que puedes llamar para divertirte y entretenerte: te cuentan chistes, chascarrillos y bobaditas varias, y es bastante más barato (más o menos la mitad) que las líneas eróticas. O los llamados teléfonos *psíquicos* o de médiums, un servicio en el que te leen el porvenir, te informan de si la conjunción astral te es favorable y te musitan presagios sobre todo tipo de asuntos laborales, afectivos y domésticos.

Pero, con todo, el negocio telefónico que más me impresiona es uno tan fronterizo y tan ambiguo que ni siquiera tiene nombre propio. En sus anuncios también aparecen mujeres, jóvenes y ortodoxamente atractivas, aunque su aspecto es un poco menos aleonado y más modoso que el de las chicas de los teléfonos eróticos. «Esto no es una línea caliente», se apresuran a explicar en el anuncio. Lo que ellas ofrecen son «pensamientos de mujer», porque «hay cosas que sólo una mujer puede entender». Son, en fin, el sustituto telefónico de las omnicomprensivas chicas de barra americana. Un oído atento para escuchar aquello que no puedes contar a nadie porque no tienes a nadie que te escuche.

El que una persona se vea obligada a contar sus intimidades a un extraño porque no tiene a nadie amigo que le escuche siempre me ha parecido bastante patético, y, en ese sentido, las barras americanas son una triste madriguera de solitarios, un sucedáneo urbano de las relaciones afectivas. Pero ahora la sociedad posindustrial ha inventado este nuevo sucedáneo del sucedáneo, prescindiendo ya de toda pamema interpersonal, de todo contacto social, de toda presencia física. Ahora los desesperadamente solitarios ni siquiera tienen que ir a los bares (en donde, quién sabe, pudieran conocer a otro solitario), sino que se pueden quedar bien encerrados en casita y cocerse hasta la más absoluta consunción en su propia salsa.

En esa obra clásica del género biográfico que es la vida de Samuel Johnson por James Boswell, el autor se lamenta de una nueva moda que está apareciendo en el Londres de 1760, una moda «terriblemente asocial e incívica»: la irrupción de un tipo de restaurantes que, en vez de tener, como es humano, lógico y natural, mesas grandes corridas, ofrecen ¡mesas individuales!, en las que los comensales se sientan ¡solos!, cosa que a Boswell le parece decididamente abominable. Era el comienzo de una nueva era. Era la llegada del anonimato, la fragmentación social, la indiferencia. La vida urbana, en fin, la vida moderna.

Dos siglos de supuestos avances y progreso nos han llevado desde los restaurantes de Boswell al teléfono. No parece gran cosa. Desalienta pensar en un mundo de seres encerrados en sí mismos, amedrentados los unos de los otros, incapacitados para relacionarse. Y éste es nuestro modelo: hacia eso vamos. El corazón del Norte, en fin, es un corazón doliente y solitario.

(14-4-91)

Éxito

Hay que ver lo bien que nos ha salido la Conferencia de Paz. En un récord de tiempo hemos sido capaces de montar este inmenso tinglado: un milagro de seguridad, un birlibirloque de comunicaciones y un verdadero derroche de bocadillos.

Pero hay una pregunta que me corroe el ánimo: ¿cómo es posible que en diez días seamos capaces de sacar adelante, con perfección sublime, un cirio tan tremendo, mientras que en la vida cotidiana pueden pasar diez años sin que funcione nada? Es decir, ¿por qué el teléfono hace continuamente gorgoritos, se corta y se bloquea, cuando la cumbre ha demostrado que sabemos establecer en pocas horas un sistema de comunicación maravilloso? ¿O por qué los trenes salen siempre siete horas más tarde pero organizamos el complicadísimo encuentro de Madrid tan puntualmente? En suma, ¿por qué en el día a día todo se tuerce, todo se retrasa, todo se paraliza, mientras que, sometidos a una presión casi insufrible, hacemos este grandioso alarde de poderío?

La cumbre ha demostrado que *sabemos* y que *podemos;* luego, si esta sociedad sigue siendo la apoteosis de la chapuza, ha de ser por fuerza porque *no queremos.* Quizá sea una cuestión de vaguería innata, una larga tradición de *escaquearse;* o la envidia y la mala leche propias de esta tierra: trabajas mal para fastidiar a Pepe, tu jefe inmediato; o el amiguismo y el choriceo endémicos: contratas como proveedor a tu cuñado Paco, que además de ser un inútil cobra el doble porque te tiene que pagar a ti un buen pellizco. Quizá sea, en fin, la suma de todos estos factores, más alguna otra canallada en la que ahora no caigo. En la cumbre, que es un esfuerzo único y urgente, estas mañas nacionales quedaron en suspenso momentáneamente, y por eso funcionaron las cosas. Pensando todo esto dan ganas de llorar por lo bien que ha salido.

(2-11-91)

Tarjetas

Dicen que a Txiki Benegas le han quitado la tarjeta del PSOE. No, no me estoy refiriendo al tradicional carné de afiliación con más de cien años de honradez entre las tapas, sino a una tarjeta con muchos menos años y menos de todo: la *visa oro* a cargo de las arcas del partido. Tarjeta que, dicho sea entre nosotros, me parece que ha desbancado últimamente al clásico carné en cuanto a símbolo de la ardiente militancia. O sea, que quizá fuera más importante que te dieran la *visa* a que te dieran el carné; y es probable que cuanto más medrases y ascendieses dentro del partido y de la causa, más crédito tuviera tu tarjeta de ídem, hasta llegar a la gloria política final de la *visa* dorada.

Pues bien, ahora resulta que el PSOE está en quiebra, que le comen las deudas. Se ve que, desmontadas las *Filesas* y demás empresas de captación de fondos, andan con las cuentas muy apretadas. Y por eso dicen que les han quitado a todos la *visa oro*, o al menos que les han ordenado que no la usen. Imagínense qué trauma: pasar del más frenético tronío a la miseria. Además de ser un rudo golpe para la hostelería: a ver de qué van a vivir ahora los pobres restaurantes de superlujo nacidos al calor de estos manirrotos.

Menos mal que aún queda el sector público. Esto es, muchísimos altos cargos de la Administración son socialistas. Y casi todos ellos tienen su tarjetita, si bien a cargo del Estado. Leo en El País que, en una comida reciente, Txiki le pidió al ministro Eguiagaray que pagara el almuerzo, para que no gravara las extenuadas arcas del partido. Así es que, por lo que se ve, el rumbo y el brillo van a seguir igual. Esa alegría, ese correr del vino, esa proliferación de restaurantes finos, ese señorío de mantel bordado. Sólo que ahora los festines pueden acabar saliendo íntegramente de nuestros bolsillos ciudadanos.

(14-12-91)

Corrupción

La corrupción se ha puesto de moda como tópico conversacional moderno y fino. El limitado pero exquisito repertorio temático de los *niños bien* (motos de importación, pistas de esquí y todoterrenos) se ha visto ampliado con tan candente asunto y, así, entre copa y copa siempre hay alguien que exclama: «Ay, chico, son unos ladrones, es un asco», con hondo sentimiento y gesto de haber puesto duramente a trabajar la única neurona. Y se quedan tan aliviaditos y tan contentos, olvidados de que sus abuelos han sido honestos estraperlistas tras la guerra, y sus padres, honestos especuladores y estafadores en los años sesenta, y sus tíos, honestos ladrones en todas las épocas. Hablan nuestros *niños bien* de corrupción con el gangoso gracejo de los *pijos* y prefieren ignorar que el oro familiar sobre el que están sentados es tan guarro e inmoral como el oro de Judas.

Y con esto no pretendo decir que ahora no hay corrupción: claro que la hay, y demasiada.

Pero encocora contemplar esta súbita proliferación de justos que se nos viene encima. Medios de comunicación famosos por su manipulación y su desvergüenza que publican ahora furibundas reivindicaciones de la ética. O personajes públicos de notoria inmoralidad que simulan escandalizarse a grandes gritos. ¿Y toda esta gentuza se atreve a decir que la corrupción nos la ha traído la democracia? No me hagan reír. La democracia permite que la porquería salga a la luz: antes estaba oculta. El sistema democrático no es perfecto, pero sigue siendo el mejor: es el único que facilita a la sociedad los instrumentos suficientes para corregir los abusos y las desviaciones. La española es una democracia joven, construida, además, sobre un insensato país de nuevos ricos: es normal que nos lleve cierto tiempo, y algunos quebrantos, el aprendernos las reglas del juego.

(15-2-92)

Violencia

El otro día pasé por delante de un televisor encendido y creí que la sangre que salpicaba la pantalla era pura anilina, y el muerto que trasladaban con el cráneo deshecho, un actor secundario excesivamente maquillado. Pero no. Era un cadáver de verdad, y no era una película, sino un informativo. Y, sin embargo, yo había contemplado la escena con la impavidez de quien ve un filme de gánsteres. Es tan vertiginosa la pequeña pantalla que en ocasiones no sabemos cuándo los muertos son de mentirijillas y cuándo son carne doliente y torturada. Estremece imaginar el efecto que ese aturullamiento de imágenes puede producir en los niños pequeños.

Antes de cumplir dieciséis años, los niños norteamericanos ven en la *tele* y en el cine unos ocho mil asesinatos y otros cien mil actos violentos. Y al parecer aún no se sabe qué tipo de adulto emergerá de una infancia como ésa. Porque además es una violencia estupendamente simulada, más real que el sufrimiento real. Y de un sadismo y una brutalidad aterradores. El otro día, en Antena 3, el malo de una película mataba clavando largos pinchos en los ojos de sus víctimas mientras éstas soltaban tremendos aullidos de dolor y estertores agónicos. Tras semejante apoteosis de barbarie, los cadáveres de kurdos que salen en el telediario, tan quietos y callados, tan dóciles y grises en la tristura de su muerte auténtica, casi suponen un alivio.

Sé que lo de la violencia en televisión es un tópico viejo. Pero me parece que no podemos continuar en este regodeo de sadismo en el que todo resulta indistinguible. La salsa de tomate se confunde con la sangre real y la vida se vacía de contenido. Y así uno puede matar a los mendigos a palos por veinte mil pesetas, o usar la imagen de un agonizante de sida para anunciar una estúpida marca de ropa. Ya no hay ni muerte ni dolor, sino sólo apariencia.

(7-3-92)

Nosotras

Un cadáver secundario

Hace una semana que se suicidó Arthur Koestler. Su gesto ha provocado una marea de artículos de prensa y una sobrecogida admiración ante su lucha hasta el final por mantener la ilusión de que se es libre. Pero en estos siete días de literatura necrológica no he leído nada sobre Cynthia, Cynthia a secas, sólo esposa. Amaneció tan muerta como él, pero el suyo era un cadáver secundario. Ambos pertenecían a VES, la Sociedad para la Eutanasia Voluntaria, y esto confiere a la letal coherencia de Koestler un matiz aún más deslumbrante. VES, dicen los asociados, no tiene nada que ver con el suicidio: defiende el derecho a «acabar dignamente cuando la enfermedad o la vejez te hacen desear la muerte». Koestler tenía setenta y siete años y un Parkinson desbaratándole la vida. Cynthia sólo había cumplido cincuenta y seis y tenía salud, futuro y una ardiente melena de leona. La muerte por amor es una mentira cultural.

Koestler, que era un orgulloso guerrero de la vida, aprovechó bien sus últimos veinte años de existencia: continuó su trayectoria de escritor y se casó ya sesentón con Cynthia, Cynthia a secas. Pero ella, a los cincuenta y seis, probablemente pensaba que era vieja. Era una mujer fuerte y hermosa, una mujer desconocida, Cynthia sin pasado ni apellido, Cynthia Expósita para la historia y para el mundo. Nadie ha hablado de ella, nadie ha mencionado lo intempestivo de su muerte. Sólo sabemos que desde que se casó con Koestler trabajó para él de secretaria, fiel sombra femenina del gran hombre: también Stephan Zweig se mató junto a su esposa, también Paul Lafargue se suicidó con su mujer, la hija de Marx. Koestler, que empeñó toda su vida en un combate por la propia libertad y por la dignidad de ser persona, no parecía herido en sus principios al convivir con una mujer supeditada, una mujer tan poco libre en su destino que incluso su suicidio fue ajeno. De Cynthia, Cynthia a secas, sólo nos queda su retrato, esos separados ojos mercuriales, la boca feroz, el rizo infantil. Pequeños detalles que ya pertenecen al olvido. Koestler se suicidó hace siete días: murió de su propia muerte, como el héroe. A Cynthia la habían suicidado hace ya tiempo.

(10-3-83)

Selenita

Estaba yo instruyéndome con la lectura de unas revistas añejas en la antesala del dentista, cuando, al coger un manojo de hojas sueltas que otrora conformaron un ejemplar de la revista *Garbo*, cayóse una página en revuelo: se trataba de una prueba cuyo título, *¿Estás preparada para el matrimonio?*, me puso la curiosidad en carne viva.

«¿Te resulta fácil encadenarte a alguien?», empezaba la cosa sin ambages. Esclavizante cuestión a la cual tenías que contestar que sí para hacer puntos. «¿Sabes escuchar aunque el tema no te interese?», «¿Desearías tener más de un hijo?», «¿Sabes cocinar bien y variado?». Una vez contestadas afirmativamente estas minucias, la aspirante a cónyuge se adentraba en asuntos más complejos: «¿Te gusta decidir sobre lo que tú tienes que hacer sin que los demás interfieran?», «¿Eres una persona lunática?». Preguntas a las que había que responder que no: no señor, no me gusta decidir mi propia vida, sino permanecer en una dulzura catatónica; no señor, no soy lunática, aunque no sé muy bien qué es eso. ¿Se referirá a las fantasías? Ya se sabe que la mujer tiene la cabeza a pájaros, es dada a ensoñar cualquier locura mientras cumple sus domésticas rutinas cotidianas. Como el preso.

Garbo tira alrededor de ciento veinte mil ejemplares, y lo peor es que no los tira directamente a la basura, como podría deducirse de su excitante contenido, sino que hasta los vende. Reflexionando sobre dato tan dramático, y teniendo en cuenta que la prueba fue publicada a principios de este año y no en el siglo XII, una llega a la conclusión de que hay un error semántico, de que confunden a las esposadas por las bendiciones de la Iglesia con las esposadas por hierro carcelero.

Hasta hace muy pocos años, a las que se rebelaban al grillete, a las inadaptadas, se las consideraba histéricas, y curaban-castigaban su *enfermedad* con la extirpación del útero. Ahora que los tiempos han cambiado (aunque, a juzgar por *Garbo*, poca cosa), lo de mutilar ya no se estila, pero se acuña la acusación de lunatismo. Yo reivindico mi vocación de extraterrestre, soy una selenita descarada. Me siento en los cuernos del satélite a contemplar nuestro planeta, y, entre brumas, veo mucha mujer desperdiciada, la luna en la cabeza y presa en tierra.

(26-5-83)

María Rosa y las sardinas

A María Rosa le dejaban latas de sardinas colgando de las ramas de los árboles. Dos campesinos vecinos y Olegario, que es minero, colocaban en las encinas estos raros frutos de piel hojalatada. Entonces María Rosa recorría el monte recogiendo su cosecha escabechada, y después se despatarraba entre las jaras, se abría, se ofrecía. Y la tomaban. María Rosa, dicen los psiquiatras, padece deficiencias mentales y vive en la frontera de lo opaco.

Enrique, el tío carnal de María Rosa, empezó el asunto cuando ésta era aún adolescente. Se adueñaba de ella en el granero. El tío Enrique no necesitaba regar el paisaje de conservas: la relación familiar es una relación de pertenencia.

María Rosa se quedó embarazada y nadie se dio cuenta de su estado: así de poco la miraban. Una noche parió bajo un cerezo. No poseía sentimiento maternal, era una carencia más entre carencias. Agarró al bebé de un pie y lo arrastró, sin saber qué hacer con él, entre la ginesta, entre las zarzas. Hay criaturas que nacen como inertes botones de carne y que no dan señales de vida hasta que no se les palmea vigorosamente en las espaldas. Pero el hijo de María Rosa lloraba, lloraba cuando se enganchaba en los espinos, lloró hasta que le mató a golpes contra el suelo. Así de implacable es la desgracia.

Esto pasó hace un año, cuando María Rosa tenía veintiuno. Desde entonces permanece encarcelada. El fiscal, atento a los atenuantes, sólo pide tres años de condena. Le pondrán seguramente menos, saldrá en breve. Pero el error y el horror consiste en equivocarse de culpable. Los legisladores, con toda su benignidad, dejarán de nuevo a María Rosa en manos de campesinos, Olegarios, tíos Enriques. Con toda su clemencia la devolverán muy pronto, convenientemente castigada, a las eras resecas y al abuso. Dentro de nada, María Rosa reencontrará a los reos de su delito, que andan libres, que siempre fueron más libres que ella, en cualquier caso. Reencontrará un futuro de árboles de Navidad asardinados y de sexo mezquino entre las siembras, el sol sobre los ojos y una eterna penumbra en la conciencia.

(30-6-83)

La libertad en la barriga

A una viuda de la provincia de Cáceres le acaban de dar una *campanillá* porque se le notaba la libertad en la barriga. La *campanillá* es como la cencerrada, o sea, un uso y abuso tradicional, un delicioso tipismo paleolítico, consistente en una reunión festiva de energúmenos que alardean de sandungueros y de machos. Para ello se lanzan a la calle provistos de pitos, campanillas y otras broncas, y buscan una víctima propicia: unos amantes sin bendiciones eclesiales, una mujer que trisque por su cuenta o, en fin, todo aquel que pretenda ser como es, que decida gobernar su propia vida. Y la viuda cacereña, que tuvo la ocurrencia de preñarse, fue obsequiada con una sesión de pitorreo.

Es la tentación de la barbarie que nos ronda. Unos agitan cencerros en los pueblos y otros agitan metralletas en el hemiciclo del Congreso. Pero en ambos casos subyace el mismo delirio, un afán similar: el de salvar a la comunidad aunque la comunidad prefiera, en su modestia, condenarse.

Bien mirado, el fanatismo esconde tras de sí una soberbia, una desfachatez suprema: la de creer que uno es el ombligo de Dios, la pata derecha del caballo del Cid, la zarza ardiente de Moisés, la repanocha. Serán tontos: piensan que son los únicos que están en posesión de la Verdad, y en realidad son ellos los que se encuentran poseídos, atrapados por esa verdad esclavizante, tan absoluta que ni siquiera les deja lugar para la duda, que es la función racional por la que nos convertimos en personas.

La barbarie está ahí, tan atractiva para todos aquellos de conciencia débil y cencerro fácil, para esos borrachos de destino, defensores de un Orden que siempre es casualmente el suyo. La barbarie está ahí, tan entrañada con nuestra vida que a veces, como en la *campanillá*, forma parte de las costumbres centenarias del país: estamos acostumbrados a aguantarnos. Pero la viuda cacereña ha reaccionado. Ha demandado a los mozos trinantes y les pide setecientas mil pesetas por perjuicios. Cómo admiro a mi viuda cacereña, solita en su pueblo, bregadora, tripona con orgullo y siempre firme, embarazada del deseo de ser libre.

(15-7-83)

Porla

Me cuentan que se está poniendo de moda un juego tonto. Nació este verano al amparo de los viajes en grupo y de las vacaciones colectivas. Porque se necesita la concurrencia de bastante gente para poder hacerlo.

La cosa es de índole nocturnal y algo alevosa. Un puñado de mujeres se juntan en estrecha piña e irrumpen sin previo aviso en la habitación de algún varón conocido. Entonces se abalanzan sobre él, le desnudan, le marean y manosean. Y cuando el hombre empieza a dar señales de pánico o de entusiasmo (y abunda más lo primero que lo segundo), las asaltantes dicen: «Y ahora vamos a hacerte el *porla*». Momento en que se detienen todas, se persignan con la vieja fórmula del *Por la señal de...* y se marchan de la habitación dejando al despelotado individuo en plena desolación, ya sea por exceso o por defecto en la duración del tratamiento.

Un tratamiento que es de choque y que las ejecutantes juzgan sin duda desparpajado y modernísimo. Y, sin embargo, a mí el *porla* me parece de una antigüedad recalcitrante. Desprende un aroma a broma pesada de colegio mayor, a abuso machote y cuartelero. En ese meter mano y retirarse está la impronta de una noñez atávica; no sólo el *porla* no es un ejercicio de desinhibición, sino que responde a la más pura tradición del calentón salvaje, disciplina de honda raigambre en nuestra tierra.

El *porla* es hijo del equívoco, del despiste general que padecemos. Algunas mujeres creen que la liberación pasa por la asunción de los *tics* depredadores de los machos. Algunos hombres creen que para no ser tachados de machistas no hay que abrirles jamás una puerta a una mujer. Pues no, no es eso. No es malo cederle el paso a otra persona en ocasiones: es un detalle amable. No es malo ser pasiva a veces: lo pernicioso es serlo siempre, por obligación, por definición y estereotipo. Tenemos que aprender a serlo todo, agresivas y pacíficas, activos y pasivos al mismo tiempo, dependiendo del carácter, de la situación y del momento. Tenemos que aprender a cruzar primero las puertas o a cederlas según nos caiga la otra persona y no según el torpe imperativo de su sexo.

(4-9-84)

Erotismo

La revista *Litoral* ha publicado hace poco dos volúmenes de poesía erótica, con obras de ciento un autores. Son dos libros hermosos y bien hechos, eso sin duda. Sólo tengo una objeción que hacer, talmente una menudencia, una tontuna: entre tanto escritor no hay más que dos mujeres, la inevitable Safo y Ana Rossetti. Eso sí, estratégicamente repartidas: una hembra por tomo, para que no se diga.

O sea, lo normal. Aburrida estoy de constatar ausencias femeninas de las antologías, de los recuentos eruditos y de la misma historia. Louise Labbé, Ana María Moix, Rosalía de Castro, Gabriela Mistral, sólo por citar algunas, hubieran debido figurar en ese tratado de lo erótico. Son trampas de la memoria infiel, y la sesgada memoria masculina se empeña en olvidar nuestra existencia.

Pero se me ocurre que este caso reúne además unas circunstancias ejemplares. Estamos hablando de la oscuridad de la carne y del placer, territorios tradicionalmente vedados a las hembras. En las bonitas ilustraciones de la antología hay una superabundancia de penes zascandiles, como si fuera ése, el del varón, el único cuerpo activo en existencia. No se equivocan demasiado. Las mujeres carecemos de cuerpo por decreto. Del cuello a las rodillas hay un inmenso vacío cubierto por ropas a la moda.

Sí, estoy hablando del deseo. De esos viejos chistes del hombre siempre dispuesto y de la esposa con jaqueca. La antología se titula *Del goce y de la dicha*. No es casual que sus autores hayan olvidado el incluirnos. Las mujeres no hemos sido educadas en el goce, y ni tan siquiera en la dicha, palabra con demasiada furia dentro como para ser permitida a las señoras; el proyecto de felicidad de una dama decente ha de ser tibio y discreto, una suerte de sosegada indiferencia. Los hombres, pobrecitos, se quejan de su sino: tanto ardor viril apagado por las migrañas conyugales. Pero después siguen negándonos el cuerpo, y si se habla de erotismos, no existimos. La antología de *Litoral*, tan incompleta y masculina, tiene un aroma a masturbación, a soledad final, a desencuentro. Como la vida.

(20-7-85)

Violaciones

Lo peor de vivir en un mundo plagado de injusticias y malas bestias es que cualquier desafuero, por grande que parezca, queda inmediatamente minimizado por una atrocidad aún mayor, como si se estuviera celebrando perennemente un concurso internacional de indignidades. Tomemos por ejemplo el tema de las violaciones, de por sí tan bárbaro y canalla. La ocurrencia del gobernador civil de Córdoba, que dijo que sólo habían sido forzadas aquellas mujeres que no se habían resistido, resulta una niñería comparada con el hecho de pedir seis meses de cárcel para la joven murciana que abortó tras ser violada, y podría hasta pasar por una frase inteligente si tenemos en cuenta la reciente actitud de un juez de Filadelfia.

Hete aquí que el tal juez, llamado Bernard Avellino, demostró su impecable sentido de la justicia definiendo a la víctima de un caso de violación como «la chica más fea que he visto en mi vida». Se comprende que un hombre así, mucho más preocupado por la estética que por la ética, considerase que la supuesta fealdad era un dato definitivo a la hora de dictar sentencia: el acusado fue declarado culpable de asalto, pero no de violación. Para redondear la ejemplaridad del veredicto, Avellino reprendió al condenado: «Era una chica muy poco atractiva y tú eres un chico guapo. Lo que hiciste fue una estupidez». Pobrecito violador, desperdiciando su hermosura en hembras lastimosas. Si la víctima hubiera estado más lustrosa, el juez habría mostrado más clemencia: dado que violar a una fea es para él una estupidez, violar a una guapa le debe de parecer un acto de lo mas sensato e inteligente.

Con todo, lo más desesperante no es comprobar la progresión geométrica de lo injusto, sino la conciencia de pedernal de los culpables. El juez norteamericano, por ejemplo, anda por lo que se ve irritadísimo por el clamor que su actuación ha levantado. También Reagan se enjuaga diariamente la boca con la palabra democracia mientras viola, pongo por caso, los derechos humanos de todo el pueblo filipino. Pero esto, las violaciones colosales o violicidios, son tema para otra historia y otro artículo.

(15-2-86)

Parricida

La hemos visto en *Informe semanal*, entre las rejas. Tiene treinta y seis años, la cara regordeta y apariencia de esforzada ama de casa, de una de esas mujeres que ya tienen bastante con afanarse para sacar adelante a los críos, vadear los desencantos cotidianos y encontrar las acelgas más baratas del mercado. Pero María Ascensión, la parricida de Ondara, sufría además otras desdichas.

En *The Times* del miércoles pasado aparece un caso semejante. Valerie Hood, de treinta y ocho años, apuñaló a su marido hasta la muerte. Antes, durante largos años, Valerie había sido sistemáticamente apaleada por su esposo, herida a hachazos, quemada con candentes cigarrillos. Hasta que un día la víctima arrebató el machete a su agresor. Le acuchilló seis veces. Como María Ascensión. Ya lo cuentan las tonadas populares, que saben mucho de dolores extremos: en situaciones como éstas, las mujeres matan con redundancia, apuñalan ciegamente y en exceso. Es la violenta explosión de un sufrimiento acumulado. Pero es sobre todo el miedo: el miedo a que él se levante y las castigue. Porque eso, el paroxismo carnicero, suele ser la primera rebelión que se han permitido ante el marido.

La hemos visto en *Informe semanal* explicando que ella ha sido educada en el convencimiento de que lo más importante es respetar al padre; y que así crió a sus hijos, en la obediencia ciega a ese Principio Máximo. De respetar a la madre no dijo nada. Se ve que nadie le habló nunca de que existiera eso.

La inglesa Valerie, cuenta *The Times*, amó a su hombre hasta el final. También María Ascensión aseguró que ella quería a su Alejandro. ¿Cómo podría suceder de otro modo? La razón de ser de las esposas estriba en el amor a los maridos. Es un precepto bíblico.

El magistrado inglés que ha juzgado a Valerie parece haber comprendido bien quién es la víctima, y ha dejado a la mujer en libertad; condicional, eso sí, durante los dos primeros años. Cualquier otra sentencia más severa no sería más que la consumación social de un matricidio.

(15-11-86)

Para ellos

Alguna vez he escrito sobre el acoso sexual a la mujer. Que existe y es bastante peor de lo que los no acosados imaginan. Pero hoy voy a hablar del acoso y derribo de los chicos, un fenómeno sociológico novísimo.

Sucede en aquellos centros de trabajo en donde hay un número suficiente de mujeres. Y basta con que la empresa contrate a un nuevo empleado de mediano porte y catadura (tampoco se exige mucho, francamente) para que algunas de las chicas se arremolinen con furor amazónico y se empecinen en cobrar la pieza, para lo cual invitarán, coquetearán, se insinuarán, atosigarán y enviarán mensajes más o menos incendiarios al cuitado, al que, si los avances no prosperan, terminarán casi con toda seguridad despellejando.

Pero aún hay más. El acoso sexual que ejercen las mujeres es sin duda menos violento que el protagonizado por los hombres, pero tiene también sus tocamientos agresivos. Por ejemplo: hay chicas que dedican media vida a manosear de arriba abajo a sus colegas en el íntimo convencimiento de que no hay macho que desdeñe el refrotarse con una hembra, independientemente de quien sea la hembra susodicha, del momento, el sitio o el porqué. Y así la cazadora en cuestión puede acercarse inopinadamente a un vecino de mesa y practicar con él el truco más exitoso y extendido, consistente en agarrar la cabeza de la víctima y aplastarla enérgicamente contra sus pechos en una especie de llave maternoincestuosa (comúnmente se le acarician los pelos mientras tanto) que deja al varón inmovilizado, sin aliento y con una coloración verdoso oscura.

He de confesar que, por un lado, me divierte observar estos avances y comprobar cómo algunos hombres gallitos pierden en un santiamén su galladura. Hay cierta justicia histórica en todo ello. Pero, por otra parte, me niego a creer que todo varón sea un macho rijoso digno de una película de Landa, y además, y tras tanto denunciarlos, me fastidia caer en los mismos *tics* de los ligones. O sea, que convendría controlarse un poco las manitas.

(26-3-88)

Espejo roto

Estoy leyendo por tercera vez la novela *Espejo roto*, de Mercè Rodoreda, aunque no soy nada dada a relecturas: me angustia demasiado el paso del tiempo, los muchos libros que me quedan por conocer y la porción de futuro que me resta, la cual, por larga que sea, siempre resultará insuficiente. Insuficiente para leer todo lo que ambicionas leer; para vivir todo lo que quieres vivir.

Porque la existencia está tejida en un material de mala calidad que se encoge con el uso, como esas camisetas baratas que metes inadvertidamente en la lavadora y que salen del tamaño de un pañuelo. Del mismo modo, la vida se nos achica a medida que vamos cumpliendo años, y nos aprieta en la sisa y nos clava las costuras en los lomos, y a poco que crezcas se te convierte en una pizca de nada, en un pañuelito, en un retal. La vida es mucho más pequeña que los sueños.

De todo esto habla precisamente Mercè Rodoreda en *Espejo roto*. Es una novela que se lee una y otra vez sin agotarse, descubriendo en cada ocasión nuevos rincones, nuevas profundidades de horror y maravilla. Porque ésa es la sustancia de este libro: el dolor y la fugaz dulzura de la vida. Cuenta la historia de una familia desde principios de siglo hasta después de la guerra civil, y en sus páginas aparecen y desaparecen los personajes, nacen y mueren, envejecen. Arden en nuestras manos existencias enteras, que se encienden y se apagan entre chisporroteos, como cerillas. Es un libro que quema.

Creo que no he leído jamás una novela en la que el dolor de la memoria se imponga de una manera tan profunda y punzante en el lector. Ni siquiera Proust o Martin du Gard, poderosos domadores del tiempo, llegan a alcanzar en ese punto, me parece, la fuerza animal de Rodoreda. En *Espejo roto*, los personajes pasan y se desvanecen, pero los objetos permanecen. Son decenas de objetos cargados de significación y de pasado que entran una y otra vez en nuestro foco visual. A veces, recordamos con exactitud cuándo hemos visto con anterioridad ese jarrón o ese abanico, pero a menudo sólo lo sabemos conocido; nos evoca una emoción turbia, lo recordamos con el corazón y no con la razón, de la misma manera que lo recuerdan los personajes de la novela, del mismo modo que evocamos nuestro propio y auténtico pasado.

Y así, la primera vez que leí el libro, por ejemplo, quedé atrapada en una escena en la que Eladi, uno de los protagonistas, contempla distraídamente la calle a través de una ventana: «De pronto, le invadió una especie de malestar. Un cristal del balcón en la parte derecha, abajo, tenía un defecto: una burbuja que reflejaba las luces rosas. Aquella tara le traía un recuerdo gris como la tarde, que venía de quién sabe qué profundidades, de quién sabe qué caminos oscuros». Yo también sentí ante la burbuja, como Eladi, el malestar de un recuerdo borroso e hiriente; y tuve que releer inmediatamente todas las páginas anteriores hasta encontrar la escena en la que aparecía la tara del cristal por vez primera. Era en la juventud de Eladi, en un momento de felicidad y de inocencia, antes de que cayera sobre él (y sobre mí) la maldición del tiempo, el dolor del conocimiento y de la pérdida.

Quiero decir con esto que Mercè Rodoreda es un genio y que *Espejo roto* es, probablemente, la mejor novela española del siglo XX, y, sin embargo, muy pocos la han leído y no ha recibido el reconocimiento que merece. Rodoreda, que era introvertida y vivió un duro exilio, no supo *vender* su obra; por otra parte, escribía originalmente en catalán, y me temo que, por desgracia, eso la marginaba y quizá aún la margina. Pero además estoy convencida de que su condición de mujer también influye. La escritora italiana Dacia Maraini dice que hoy las autoras son publicadas, compradas y leídas tanto como los hombres, pero que la cultura oficial aún las discrimina: salvo excepciones, no entran en las academias ni en las enciclopedias, no cuentan en los libros de texto ni en las antologías. Por eso, dice Maraini, cuando una escritora muere, suele morir para siempre, porque sus obras raramente se reeditan, su memoria se entierra, su nombre se olvida.

Algo de esto le ha debido de pasar a Rodoreda. Porque además su obra, profundamente original, está escrita desde una percepción femenina del mundo. Varias escenas de *Espejo roto* suceden, por ejemplo, en las cocinas. Ahí, desde la sofocante vecindad de los fogones, Rodoreda nos habla de la lucha de clases y de la ambición social; del fin de una época y del vértigo insoportable de la vida. Temas todos ellos básicos e inmensos. Pero me temo que los intelectuales oficiales se interesan más por la apariencia que por el fondo, y los pucheros les deben de parecer muy poco dignos. Me pregunto a cuántas escritoras ignoro. Cuántas obras maestras hemos olvidado y se han perdido.

(12-5-91)

La viuda errante

Las gentes que maltratan a los ancianos, que abusan de su situación de dependencia, de unos ojos que no ven o una cabeza floja, ¿creerán quizá que ellos serán eternos? ¿No les asusta torturar a unos seres que son el espejo de su propio destino? Cuando se aprovechan de la senilidad, o de la simple debilidad que la edad comporta, ¿no piensan ni por un instante en que probablemente ellos también lleguen a ese punto de indefensión y de miseria? ¿Es que acaso estén sentando las bases de su propia desgracia?

Pero no, probablemente no pensarán en nada, porque hay canallas especialmente estúpidos. Esto es, todos los malvados tienen algo de necios, porque la auténtica inteligencia, me parece, siempre implica cierto grado de bondad: la capacidad para ponerte en el lugar del otro o para comprender sus razones y sus sentimientos. Mientras que el malvado, en fin, carece de la imaginación necesaria para salir de sí mismo y del encierro de sus ambiciones. Son torpes, los canallas, y aquellos que se dedican a explotar ancianos son probablemente de los más mostrencos. Por no pensar, por no imaginar, ni siquiera se dan cuenta de que dentro de nada, en un abrir y cerrar de ojos, se van a transmutar en sus propias víctimas.

Y no crean que estoy hablando de unos malvados extraordinarios, de esos criminales que de cuando en cuando aparecen en las páginas de los periódicos acusados de degollar ancianas o de regir residencias geriátricas que son, en realidad, espeluznantes mataderos. Nada de eso. Estoy hablando del vecino del quinto, aquel que abandonó a su suegra en La Paz cuando se marchó de vacaciones en agosto pasado; o de la panadera, que mantiene a su madre sola y encerrada en un cuartucho durante todo el día porque tiene demencia senil y es un engorro. Vecinos estupendos, ciudadanos honrados. No contravienen la ley: tan sólo son feroces.

Me contaron hace unos cuantos días una historia real, un ejemplo perfecto de esa maldad avarienta y estúpida. Es el caso de una mujer mayor, madre de dos hijos ya casados. El marido era electricista, y se jubiló. Ella, como atendía el hogar, siguió trabajando de la misma manera, porque las amas de casa, sobre todo si no son ricas, no llegan jamás a jubilarse. Pasaron algunos años y el marido murió. No sé bien cómo consiguió hacerlo jurídicamente, pero dejó todo lo que tenía para los hijos: a la mujer sólo le quedó una pensión de sesenta mil pesetas. Posiblemente el marido pensara que la mujer no podía gobernar ni su vida ni su dinero por sí sola: esto, la anulación y sobreprotección de la esposa, es algo bastante común en parejas mayores nacidas en una tradición machista ultramontana. De modo que el marido quizá pensara que la mujer debería pasar del control conyugal al control también viril de los dos hijos. Y, desde luego, así sucedió.

La mujer vivía en un piso propio, en la casa que había comprado su marido, en donde ella había fregado, cocinado, lavado y remendado durante años, un trabajo sin duda equivalente al del electricista y por el que cuando menos se debería haber ganado media casa. Pero el piso también había pasado a los hijos. Y eran dos. Así es que lo vendieron para poder repartirse el dinero, y la mujer se tuvo que marchar de su propio hogar.

Desde entonces vive quince días al mes con cada uno de los hijos. Ninguno de los dos tiene una habitación sobrante, de modo que la viuda ha de dormir en el sofá. Y siempre están deseando que se vaya. En cuanto que llega el día decimoquinto ya les están brillando los ojitos. La ponen en la puerta en cuanto da la hora.

La mujer anda desesperada con esta vida nómada, con las malas caras y la sensación de estar siempre de sobra. Preferiría con mucho irse a una residencia: se la podría pagar con su propia pensión. Pensión que, por cierto, ella entrega íntegra a sus hijos, treinta mil pesetas en la casa de uno y treinta mil en la del otro. Ella se queda sin nada. Con sentimientos de mendiga. Y eso que los chicos marchan bien: tienen los pisos en propiedad, microondas y friegaplatos, coches buenos. Además del dinero de la herencia.

Ya he dicho que a la mujer le gustaría marcharse, pero cada vez que menciona lo de la residencia los hijos le ponen el grito en el cielo. «¡Ni hablar!», dijo el último día uno de ellos. «¡Qué pensarían los vecinos si hiciéramos eso!». Porque viven en un barrio popular, en un medio social en el que todavía está mal visto abandonar a los propios padres. Atormentarlos y humillarlos es siempre más discreto. Y a lo mejor, ¿quién sabe?, hasta les duele perder esas cochinas treinta mil pesetas mensuales que no necesitan: la avaricia de los necios carece de límites.

De modo que ahí sigue esa pobre mujer, la viuda errante, aguantando la indignidad y el desamor. Yo sólo espero que los hijos de esos hijos, los retoños de todos esos torpes desalmados, les traten a su vez, cuando llegue el momento, con la misma crueldad que han contemplado.

(12-1-92)

Desirée

Vivía en París, en el Barrio Latino, en una pequeñísima buhardilla cuya puerta jamás cerraba. Y, así, subías en ascensor hasta que éste se acababa, y después tirabas escaleras arriba, y cuando llegabas al fin a los tejados, allí donde anidan las golondrinas, empujabas una puerta pegajosa y blanda por las múltiples capas de pintura barata y entrabas en un cuarto diminuto atestado hasta lo indecible de trastos y papeles. Y entonces, desde la habitación vecina, igualmente minúscula y llenísima, ella te gritaba:

—¡Adelante, adelante!

Y allí estaba Desirée la revolucionaria, Desirée la intelectual, Desirée la princesa rusa, los bellos ojos grises, o azules, o verdes, casi ciegos, la cara suave y blanca, muy redonda, la boca reidora, el cuerpo torpe y dilatado de la extrema vejez. Cuando la conocí, hace un par de años, ya había rebasado los noventa.

Debía de haber sido muy guapa. Todavía le quedaba en la cara algo lunar e intenso, incluso pícaro. Vivía de una exigua pensión, muy austeramente. Vestía un gastado traje de florecillas y un jersey raído de color claro, todo limpio y bonito, y al cuello llevaba un antiguo collar de pasta, gracioso y modesto. Quiero decir que era coqueta, y que le seguía sentando bien la ropa, pese a sus piernas hidropésicas y al cuerpo enorme y deformado, a ese cuerpo traicionero que era la cárcel de su voluntad y de su cabeza. Porque la inteligencia de Desirée permanecía intacta, y su curiosidad, y su sentido del humor, y su inmensa cultura. Hablaba seis lenguas con perfecta fluidez, entre ellas el castellano, y, pese a estar muy impedida de movimientos y medio ciega, permanecía atenta al devenir del mundo y a las novedades. Armada de una lupa y de paciencia, acababa de leerse, por ejemplo, *La lluvia amarilla*, de Julio Llamazares.

El amigo que me llevó a su casa me había hablado muchas veces de ella: de su fuerza, de su enigma, de su mito. Por él sabía que Desirée no se llamaba de nacimiento Desirée, sino que era una princesa rusa con una larguísima retahíla de nombres y apellidos a las espaldas. Cuando la revolución del 17 echó a su familia y a ella de sus tierras, la joven Desirée luchó junto a los rusos blancos contra los bolcheviques. Pero después, en algún momento del exilio, evolucionó hasta asumir posiciones de izquierdas. Fue entonces cuando rompió con su aristocrática familia, cuando cambió su nombre a Desirée.

Vivió el París intenso de los años veinte, en donde fue musa de conocidos pintores y compositores; vino a España en los años treinta y se embelesó, como tantos otros intelectuales progresistas de la época, con el frágil sueño de nuestra República, con la que colaboró hasta el dramático final. Después regresó a Francia, y formó parte de la Resistencia. En los años sesenta, que fue cuando la conoció mi amigo, se dedicaba a alimentar, acoger y proteger en su humilde buhardilla a todos los españolitos y latinoamericanos hambrientos y perdidos que había en París. Todavía lo seguía haciendo hace dos años: además de nosotros llegaron después dos argentinos, y la propia Desirée, con su corpachón bamboleante, nos preparó la cena en un hornillo: blinis con sucedáneo de caviar y crema agria. Vivía sola, pero siempre tenía la casa llena de gente.

Aquella noche hace dos años, era diciembre, la gata de Desirée estaba en celo y gritaba furiosa. Dentro del cuartucho atiborrado de libros y papeles hacía mucho calor, pero al otro lado del ventanuco se apretaba la helada. Desirée contó cómo fue enfermera durante la I Guerra, y cómo escapó monte a través, arrastrando a un teniente herido que estaba a su cargo, cuando los bolcheviques tomaron el hospital en el que trabajaba. Y habló de batallas y de escaramuzas, y de campos de concentración, y de una huida tumbada en el techo de un tren, mientras les disparaban por todas partes y una ametralladora tableteaba a su lado. Habló, en fin, del fulgor y el frenesí de sus veinte años, mientras comíamos blinis untados de manteca, y la gata chillaba agónicamente, y la madrugada trepaba grisácea y escarchada por el arco del cielo.

No volví a ver a Desirée. Hace unas semanas a mi amigo le llegó una carta escrita en letra temblorosa y diminuta: era del amante de Desirée, un anarquista francés veinte años más joven que ella con el que la mujer compartió los cuarenta últimos años de su vida. Contaba que Desirée había muerto, y que la habían enterrado, según ella había pedido, envuelta en la bandera tricolor republicana.

Con Desirée desapareció el mundo que sólo ella llevaba en la cabeza: los amores vividos, los libros leídos, los sueños y los miedos, los triunfos y las derrotas, el testimonio entero de una época. Una constelación de recuerdos que se apaga. Por añadidura, dentro de pocos años ni siquiera se acordará nadie de Desirée. Quizá por eso he escrito este artículo: como fugaz memento de una existencia intensa.

(9-2-92)

Nombres propios

Estragos

Me lo dijo el otro día una amiga:

—Cuando yo conocí a Fraga, hace lo menos treinta años, era un hombre guapísimo. Aunque no te lo creas.

No me lo creí. La escuché con perplejidad nacida de la mera observación, de la posesión de dos ojitos, los míos, con los cuales he podido contemplar abundantemente a don Manuel, hasta aprenderme de memoria lo maltrecho de su envergadura, el difícil volumen de su cráneo.

—Pues sí, entonces era un chico alto y delgado, y pálido, ¿sabes?, pálido y con unos rasgos así, finos, de cara larga. Y en la cabeza tenía pelo, o sea, lo que se dice pelo, pelo como tú y como yo...

No es posible, me repetía yo, recordando el físico fraguiano, su corpachón de embestidor impenitente, su testuz turriadora, tan presente ahora en los cartelones electorales. Esa cabeza que alguien parece haberle clavado entre los hombros con inmisericorde martillazo, la sonrisa feroz y berroqueña, y, sobre todo, su desmesura occipital, esa frente imposible, que más que amplia parece estar hinchada con tanta cogitación achicharrante. Es una frente de tentempié plomado, de tal modo que siempre me admira ver a don Manuel en la verticalidad habitual, sin que se le descabale el peso y acabe por aterrizar de coronilla. Intenté explicar a mi amiga que al nacer todos recibimos un cuerpo agraciado o desgraciado por azar, y que es después, al ir viviendo, cuando vamos conformando no sólo nuestro destino, sino también nuestra apariencia física. Que todos nos tallamos el rostro, día a día, hasta convertirlo en algo propio, fruto de mi decisión de ser quien soy. Que las arrugas de mi cara adulta son un reflejo de mis arrugas interiores.

—Claro. Y él se ha convertido en un tragón —decidió mi amiga.

¿Cómo ha ido esculpiéndose Fraga esa fealdad tan sólida? Ahora tiene la cara hecha a bramidos, y su propensión al exabrupto le ha hincado un profundo surco entre las cejas. Contemplo hoy sus fotos e intento imaginar cómo era antes, recuperarle por entre los estragos que con su propia vida se ha infligido, rescatar al joven guapo que Fraga encierra dentro suyo, a ese pobre prisionero de sí mismo. Qué desolación carnal, qué desperdicio.

(1-5-83)

Pinochet

Lo hemos visto todos en televisión hace unos días: la vida imitando al arte, como diría Wilde. Hemos visto a Pinochet recibiendo el homenaje de sus generalotes, un cuadro trágico y grotesco pintado en gris: gris de uniforme castrense, gris de mediocridad y miedo, tan gris como el plomo de las balas.

Gris terciopelo el ambiente de lujo marchito, gris plata la cabellera del Augusto, más augusto que nunca en su momento de esplendor, tieso como un tentempié en medio de la sala, mientras sus generalitos tartamudean discursos mal aprendidos de memoria. Gris blancuzco el vendaje de la Mano Mártir, esa mano rasguñada por la Conjura Universal Marxista, mano-reliquia en la que Pinochet no puede pensar sin estremecerse de emoción, porque a partir de ahora ya se puede decir con toda justeza que ha derramado su sangre por la Patria. En el fondo es un sentimental, el hombre.

Los generalazos están ahí, balbuciendo loas y atrancándose cada dos por tres en su recitativo de alabanzas. Tan buenos chicos que parecen, tan leales, tan grises y tan rígidos, y sin embargo Pinochet teme que haya traidores entre ellos; la Conspiración del Mal se multiplica y su perversidad tentacular quizá haya hecho presa en el Ejército. Pero estas hondas inquietudes pueden aplazarse unos momentos: Pinochet ha dado ya las órdenes precisas, y, mientras el acto se celebra en el recinto palaciego, afuera se detiene, se martiriza, se ejecuta, se abrasa vivo al Enemigo. Bien puede permitirse el Augusto este fugaz descanso.

Aquí está Pinochet, paladeando la Gloria; sin duda la Virgen le ha salvado, demostrando una vez más que él es el elegido de los Cielos. Los generalillos le colman de zureos y él recibe serenamente el homenaje ante las cámaras de la televisión norteamericana, es decir, ante la Historia. El Augusto improvisa una breve respuesta, el perfil caprino, la sotabarba temblorosa, los ojos anegados de Patria. A su alrededor el país retumba de gritos y bombazos, pero él se siente un héroe. Y al mencionar la palabra *libertad*, la emoción quiebra su voz y a sus párpados asoma una gruesa lágrima gris que apesta a sangre.

(12-9-86)

Bokassa

Me lo imagino bajando por última vez la escalinata del castillo/palacio de Hardricourt, envuelto quizá en sedas ajadas, con sus pasos resonando a hueco en el vacío de las salas. La magnitud de las decadencias es directamente proporcional a la desmesura de ambiciones. Por eso la decadencia de Bokassa es extremadamente miserable y literaria.

Me lo imagino día a día, encerrado en ese soberbio castillo que se iba convirtiendo en pudridero, viviendo la lenta progresión de la catástrofe. Primero vendrían las caras largas del séquito, las pequeñas afrentas y la indisciplina. Y un Bokassa paranoico e impotente intuyendo el odio a sus espaldas; él, cuya sola presencia causaba, años atrás, el mismo terror que un dios furioso; él, que antaño mató sólo por divertirse, y que ahora no podía ni tan siquiera castigar a un insolente.

Después se precipitaría el fin. Las diecisiete esposas rutilantes, que el emperador fue adquiriendo ostentosamente una a una, le abandonan también en un goteo de desdeñosas fugas. Catherine, la Gran Emperatriz, vende las joyas de la corona y, antes de marcharse, chupa hasta la última gota de oro imperial que hay en Bokassa. Ahí queda él, solo y arrinconado, rumiando el recuerdo de lo que fue, prisionero del olvido. Un viejo negro en la inmensa tumba del palacio de Hardricourt. Quizá recorriera los salones en noches insomnes, peleándose con los fantasmas de las sombras. Sombras auténticas, pero ya le habían cortado la luz por falta de pago. Y también el agua. Sin calefacción, sin leña para las majestuosas chimeneas, el frío del invierno entrante debió de irle cercando, echándole de los ventosos pasillos, sitiándole en el desesperado refugio de su cama.

Me lo imagino bajando finalmente la escalinata del castillo, camino de la cárcel y la muerte. Quizá vistiera para la ocasión su túnica imperial apolillada, manchada por las salpicaduras del último vino y la grasa de algún banquete añejo. Y en la memoria debía de llevar el recuento de sus atrocidades y un brillante torbellino de pavos reales.

(8-11-86)

Memoria

Conozco a una mujer impresionante. Se llama Marta Francese y pertenece a la buenísima sociedad de Buenos Aires. Su origen y su educación le auguraban un futuro de orden y una madurez elegantemente matriarcal. Pero sucedió que en Argentina comenzaron los horrores. Una atrocidad permitida y fomentada por su clase, por sus amigos de club y fiesta fina. Un día desapareció su hijo de veinte años. El marido de Marta, un catedrático respetadísimo, comenzó a buscar al chico. Y también se lo tragó la pesadilla. Desaparecieron después el yerno, y la madre de Marta, e incluso el chófer. La Francese se las arregló para escapar del país con sus hijos y nietos. Había estado llamando a innumerables puertas y pidiendo ayuda a todos sus amigos, a sus compadres de clase exquisita, a las jerarquías eclesiales que durante tantos años habían estado merendando picatostes en su casa. Nadie le ayudó. La oligarquía argentina cerró filas disciplinadamente para encubrir los crímenes.

Ahora Marta me ha telefoneado. Para hablarme de Suárez Mason, un ex general refugiado en Estados Unidos a quien acaban de conceder la extradición a Argentina. A Suárez Mason le acusan de treinta y nueve asesinatos, y entre ellos está el de la madre de Marta. Cuando desapareció, la anciana era casi octogenaria; ocho años más tarde, el Gobierno de Alfonsín identificó su cuerpo en una fosa común atestada con otros doscientos cadáveres sin nombre. Y ahora Marta Francese telefonea, exige, reclama. Ella es la memoria viva del espanto. La ley argentina de *punto final* ha puesto a los asesinos en la calle, pero ella prosigue su combate justiciero. El de su madre es el único cuerpo familiar que han encontrado; los demás continúan ardiendo en el recuerdo, sin gozar del amargo alivio de una muerte concreta. En Argentina intentan implantar la desmemoria, pero Marta no puede olvidar. Sus manos, hechas para servir pastas de té y lucir diamantes, recogen ahora firmas para denunciar la desaparición de trescientos españoles en su tierra. Marta es la conciencia de una sociedad culpable y enferma.

(7-5-88)

Dragones

Vaya una semanita que hemos pasado. Se ha abierto la caja de los viejos dragones y de ella, desde las profundidades de lo oscuro, han empezado a emerger criaturas escamosas y azufradas, los poderes de siempre, los antiguos, para gran susto de las gentes sencillas.

La cosa empezó esta vez con la ofensiva de la Iglesia, que es un dragón con alzacuellos, un bicho aún imponente, pese a su edad provecta y a tener el pellejo negro como la brea. Llega dicho dragón y escupe fuego; y de su aliento ardiente salen unos cuantos obispos, todos ellos hondamente preocupados por el nivel moral de la ciudadanía. Nada más natural: no hay más que repasar la historia de la Iglesia en España, desde la fritura de herejes al apoyo sistemático a las dictaduras y los regímenes tiránicos, para darse uno cuenta de que lo ético y lo moral siempre les preocupó muchísimo.

Pero hay otro dragón, teñido de oro, que también se asomó la semana pasada a la televisión con el rostro de Cuevas, el presidente de la CEOE. Decía Cuevas que lo del dinero negro era por culpa del sistema fiscal, jajajá, y se reía el hombre al explicarlo, «ya saben, muchos empresarios, para sobrevivir, no tienen más remedio que defraudar, jejejé», cómo se carcajeaba el señor Cuevas, qué complicidad buscaba en el interlocutor, qué dragón tan riente. Los bancos poseen cuentas más negras que la conciencia de un asesino y los ricachones del país se hacen aún más ricos mintiendo cual bellacos y robándonos a todos miles de millones de pesetas, pero jijijí, qué risa tan grande, señor Cuevas, qué picaruelos tan simpáticos. Viéndoles así, uno tras otro, al hilarante Cuevas y al tronador Suquía, da la impresión de que nada ha cambiado y que seguimos crujidos por los mismos poderes que hace siglos. Por viejos dragones que además son amigos entre sí: ahí no hay sentido moral que se encabrite.

(1-12-90)

San Mario

Ya es un hecho: es un santo. El milagro empezó a manifestarse hace unos meses, cuando aquel curso de Moscú. Allá fue Mario Conde y ya dijo cosas que me dejaron patitiesa: que si los beneficios no eran todo, que si había que buscar nuevos valores. ¡Y se refería, créanme, a valores morales y no de Bolsa!

Se insinuó, pues, el milagro en Moscú, tierra por lo demás de herejes, y ahora se ha confirmado en el Vaticano, que es lo suyo: Mario Conde se nos ha convertido. Exhorta ahora este hombre contra la competitividad feroz y el capitalismo salvaje: y lo dice él, que, a juzgar por su carrera hacia la cima, debe de tener el corazón berroqueño y la mano tan letal como una guillotina. Pero ahora, una vez conseguida toda la riqueza, nos predica que la riqueza no lo es todo. Cuanto más pecadores, más emocionantes son las conversiones.

Estos días Mario Conde ha acudido a un coloquio en el Vaticano a recoger su diploma de santo oficial. Le he visto en una foto con el Papa. Tan buenos negociantes los dos, cada cual en lo suyo. Les miro y me parecen dos astutos empresarios dispuestos a aprovecharse de la debilidad de sus competidores para arrebatarles un suculento trozo de mercado. El Papa, la fe hibernada que rebrota en el Este; Conde, la credulidad que están perdiendo los políticos. Juan Pablo II agradeció a Conde su apoyo «en la organización del coloquio». ¿Quiere decir esto que el banquero pagó? ¿Por qué tanto interés de Conde en ser san Mario? ¿Para purgar sus antiguos pecados? ¿O para ganar indulgencias para seguir pecando? En fin, ya se sabe que el capitalismo está viviendo momentos de exultación y narcisismo. Ahora no sólo quieren ser los más ricos y los más poderosos, sino que encima les agradezcamos su bondad. Hay ambiciones que carecen de límite.

(18-1-92)

Amor y desamor

Nomenclaturas

La torpeza de nuestras relaciones sentimentales se revela despiadadamente en el lenguaje que utilizamos. No hay prueba más clara del calamitoso estado de nuestros afectos que esas ridículas perífrasis con las que nos referimos al *otro* o a la *otra*, al objeto de nuestros ensueños momentáneos. La gente tradicional o de derechas lo tiene claro: están casados por la Iglesia, son marido y mujer y la precisión de las palabras refleja un vínculo preciso, nos guste o no nos guste el contenido. Pero nosotros, culposos y modernos, confusos y perdidos, nos hacemos la lengua un nudo intentando inventar nuevos conceptos y el corazón un garabato ensayando nuevas maneras de quererse. Nombrar al *otro* es como mentar la bicha.

Y así andamos, haciendo el más colosal de los ridículos. Referirse a la pareja como *mi compañero* o *mi compañera* no funciona: tiene un regusto a vieja militancia, a pretencioso. Qué decir de la tontuna de *mi novio*, de la excesiva intrepidez de *mi amante*, del insustancial *mi rollo*. Utilizar *mi chico* o *mi chica* es de una panfilez rayana en el guateque. Condenados como estamos a la perplejidad semántica, en nuestra desesperación echamos mano de los recursos más disparatados y triviales: *el mío*, *el tuyo*, *el que te dije*, *ella*, *él*, *el interfecto*... O, en el colmo de la ineptitud, usamos largísimas frases del tipo de *el tio éste con el que estoy enrollada* o *la mujer con la que estoy viviendo*, lo cual es un verdadero desperdicio de tiempo y energías.

Nombrar es una manera de poseer. Al nombrar el mundo nos hacemos dueños de él y lo ordenamos en la medida de lo posible, que es poco. Es decir, que lo tenemos fatal. Si no sabemos nombrar al otro es que tampoco sabemos estar. Padecemos una vaguedad sustancial y sustantiva: desconocemos el contenido que pretendemos del otro y hemos olvidado por dónde pasa la frontera de nuestros propios límites. O sea, un lio. Pero no hay que desesperarse. La Real Academia ha tardado toda su existencia en admitir una palabra como *coño*, que es tan sencillita y descriptiva. Bien podemos nosotros emplear nuestra vida en algo tan delicado como inventar una nomenclatura sentimental y nuevas costumbres afectivas.

(11-7-84)

Corazón

En un sesudo informe sobre el corazón que publicó este periódico hace poco se decía que los casados sufren más infartos que los solteros. Espectacular noticia que no hace sino confirmar nuestras más secretas sospechas, a saber: que la familia es insufrible y que el emparejarse es un gran cisco. Tantos años compadeciendo a los solterones por la leyenda de amargura y soledad que les rodea, y hete aquí que ahora se comprueba que el sufrimiento radical reside en las tensiones conyugales. La tristura de una cama vacía entre tinieblas es gloria pura comparada con el dormir día tras día junto a una respiración que te exaspera; pocas cosas debe de haber tan destructivas como ese odio que se puede llegar a tener a quien se quiere. Es el encender la luz por las noches bajo el pretexto de leer y en realidad para fastidiar al compañero. O mostrarse francamente grosero con los amigos de ella para así poder mortificarla. En fin, todos sabemos qué extremos de ignominia llegan a alcanzar las pequeñas venganzas hogareñas. No es de extrañar que las vísceras revienten.

Añade el informe que los casados con licenciadas universitarias padecen un índice especialmente elevado de infartos. Ahí les quería yo ver. No es sólo que el matrimonio sea una institución harto dudosa, sino que, además, en los últimos tiempos la cosa se está poniendo inaguantable. Con tanta chica educada que no se calla y que contesta, que grita cuando le gritan, que se atreve a poner en cuestión al oponente. Pobres guerreros sin reposo, ventricularmente machacados. La batalla es siempre más difícil cuando el enemigo es poderoso.

El corazón se nos desgarra, sí. Se nos parte el pobre corazón de sentimiento. Pero estos últimos datos médicos parecen establecer que la rotura no nos viene de amor o desamor, de soledad romántica u otras grandezas metafísicas. No señor. Nuestra bomba de sangre se detiene, como cualquier motor sucio, atrancada por diversas basurillas. Por una cotidianidad trivial e insatisfecha. Un mito más que ha destruido la ciencia.

(15-8-87)

El gran amor

Leo un artículo sobre el faraón Ramsés II en un número atrasado de la revista *National Geographic*. El autor del trabajo visita Saqqara, la necrópolis de Memfis, en donde están enterrados muchos de los altos cargos de la corte del gran Ramsés. En las paredes de las tumbas se puede ver aún unos cuantos *graffitis* de la época, frases en jeroglífico que fueron formuladas hace más de tres mil años. Algunas de ellas, cuenta el periodista, son de amor. Y reproduce una que sin duda salió de la mano enardecida de un muchacho: «Ojalá yo fuera el sello de firmar que mi amada lleva puesto en su dedo para así poder ver a mi amor todos los días».

Hay algo profundamente conmovedor en este requiebro de clásica factura: se diría que la frase condensa, de una manera especialmente aguda, el peso y el polvo de los tiempos. La fugacidad de todo lo humano. Me imagino a ese muchacho egipcio creciendo y olvidando, en pocos años, a la dueña de ese dedo tan anhelado. Le imagino soñando con otros sellos, otras pieles, otros contactos íntimos; con otros amores que, en cada momento, juzgaría inagotables y absolutos.

Claro que también puede que el chico se casara con la chica, e incluso, puestos a imaginar, que fueran felices. Pero aun así, seguramente la frase perdió su enjundia abrasadora algún tiempo después de vivir juntos. Porque la convivencia y el amor real son otra cosa, un asunto más matizado, más complejo; mientras que la inscripción responde a la pasión, a ese obnubilamiento de la carne y del espíritu mediante el cual el tiempo se anula, la muerte se fulmina, la realidad se desdibuja. Cuando amas así estás seguro de que esa pasión perdurará indefinidamente. Crees, en suma, que querrás seguir siendo ese sello de firmar para siempre jamás, *todos los días*, hasta que los soles se enfríen y el universo se detenga. Pero la pasión, como la borrachera, es pasajera. Seguramente la frase perdió sentido para su autor mucho antes de que se acabaran los días del muchacho, del hombre, del anciano. Y desde entonces hasta hoy han transcurrido otros tres mil años. Toneladas de polvo, de deseos olvidados, de pasiones marchitas.

Que la pasión amorosa es un espejismo es casi una verdad de Perogrullo. ¿Quién no ha tenido en el pasado algún enamoramiento fulminante, uno de esos sentimientos que te atropellan y te ocupan, que te hacen pensar las veinticuatro horas en el ser amado y creer que, sin él, la vida es imposible? ¿Y quién no ha mirado desamoradamente, años después, a esa misma persona, con la incredulidad del que no se recuerda en la pasión, de quien no se reconoce? Pasan los amores eternos por nuestras vidas, uno detrás de otro, como estrellas fugaces.

De modo que la relatividad de la pasión es un hecho sobradamente conocido. Y, sin embargo, se trata de un tema delicado, que suele irritar a mucha gente. Pocas veces recibo tantas cartas de protesta como cuando escribo en los periódicos que este tipo de delirio amoroso es un invento, que es hijo de nuestra imaginación y nuestro deseo. Se diría que los crédulos del amor son tan susceptibles como los muy beatos: salen en seguida a combatir todo lo que les suene a actitud crítica, a herejía ante su fe, a corazón templado.

Y es que la pasión amorosa puede ser como la religión: un apoyo para sobrellevar el vértigo de la existencia, los terrores del ser y de la nada. Porque, cuando crees estar enamorado de ese modo alocado y frenético, te sientes tan lleno de vida que la muerte no existe: eres eterno. Ahora que las religiones tradicionales han entrado en crisis, la pasión es un estupendo sucedáneo. Un embeleco con el que protegerse de la enormidad del mundo, una ensoñación con la que adormecer la conciencia del tiempo.

Quizá es por todo esto por lo que algunas gentes reaccionan de forma tan airada cuando les hablas de lo relativo y lo pequeño que es eso que ellos llaman *gran amor:* porque, para que el truco les funcione, necesitan creer en él a pies juntillas. Hay personas capaces de vivir una pasión aun conociendo que es una droga dulce, del mismo modo que pueden disfrutar del espectáculo de un mago aun a sabiendas de que en realidad no ha serrado en dos a su ayudante. Pero hay otras personas que se alimentan exclusivamente de certidumbres. También en el amor hay fanatismo.

Pero sobre todo hay inocencia. No hay pasión más crédula que la primera. Es un deseo en estado puro, un espejismo intacto. Quizá fuera eso, un primer amor, el del muchacho egipcio, ese chico que quiso convertirse en un sello labrado y acariciar el dedo de su amada para siempre. Y sobre ese sueño de felicidad y de eternidad, tan conmovedoramente humano, cayeron después los siglos y los milenios, los quejidos de tantos nacimientos, los estertores finales de innumerables muertos.

(24-11-91)

Malentendidos

Publiqué hace unas semanas, en este mismo espacio, un artículo sobre el amor pasional; y he leído después un par de cartas criticando mi escrito. Ponerse a hablar de amor es meterse en un terreno delicado: es un tema que, curiosamente, origina más trasiego epistolar que casi ningún otro. Con todo, lo más inquietante es la distancia que sueles encontrar entre el contenido de las cartas y lo que crees haber escrito. Lo más inquietante es comprobar, una vez más, que, sobre un mismo texto, cada cual entiende una cosa distinta. Y no sucede sólo con la palabra escrita: hay amigos que adoran películas que tú odias, y viceversa, por razones que a ti te parecen un disparate. Hay amantes que aseguran haberte oído decir cosas que tú jurarías, por la salud de tu santa madre, no haber dicho jamás. Pensando en todo esto, a veces me parece que la vida es un colosal malentendido.

Cabría preguntarse si las personas somos de verdad capaces de comunicarnos. Sí, desde luego: de cuando en cuando, hablando con tu pareja, o en una dulce sobremesa con algún amigo, puedes llegar a vivir uno de esos momentos de magia cotidiana, cuando tus frases llevan un pellizco de tu corazón y tu interlocutor parece adivinarte. Se borra entonces momentáneamente la soledad interior, y entre tú y el otro no hay distancia. No hay intimidad mayor, ni siquiera en el sexo, que esa intuición brillante y fugaz de entendimiento.

Pero lo cierto es que, muy a menudo, no comprendemos nada. Nos oímos, pero sin escucharnos. Siempre me han pasmado de modo especial, quizá por mi trabajo, las confusiones que puede originar un mísero puñado de líneas impresas. Personalmente, el malentendido profesional mayor y muy patético que guardo en la memoria sucedió hará cinco o seis años, con un pequeño artículo que escribí en la última página de El País. Ya no recuerdo bien la noticia que desencadenó toda la historia, pero fue algo relacionado con un inmigrante ilegal africano con quien la autoridad cometió alguna tropelía especialmente inicua. Recuerdo, eso sí, que escribí el articulito por la vía sarcástica y que exacerbé la situación hasta el absurdo, por ver de demostrar de esta manera la injusticia del caso. Y así, dije que a los negros, si se ponían mañosos, había que encadenarlos y azotarlos como en los buenos tiempos, y otras barbaridades semejantes de las que ahora ya no guardo memoria y que, por supuesto, nadie podía tomarse al pie de la letra.

Pues bien, hubo alguien que sí lo hizo. Poco después de publicar el artículo, me llegó la carta de un hombre que decía ser negro, inmigrante y guineano. Había leído de manera literal y completamente en serio mi artículo atroz y, pese a ello, su tono no era indignado, sino apesadumbrado. Era una carta sencilla y modesta, apenas diez líneas escritas a mano, en la que me decía que los negros también tienen derecho a vivir. Carecía de firma y de remite, por lo que, para mi desesperación, no pude contestarle ni explicarle. Sin duda mandó una carta anónima porque temía posibles represalias.

Entendemos las cosas desde lo que somos: desde nuestras necesidades, nuestros miedos, nuestras obsesiones. Estremece imaginar desde qué realidad leyó aquel hombre mi desenfrenado artículo sobre los negros para llegar a interpretarlo al pie de la letra. Cómo sería su vida, de qué infiernos venía para creer que esa sarta de infames disparates iba en serio. Para no tener ni siquiera la capacidad de indignarse. Para hablar de ese modo manso y dolorido. Es la propia existencia la que nos va tallando nuestras entendederas.

De modo que, más que escuchar o leer al otro, creo que tendemos a proyectar en ese otro nuestros sueños y nuestros terrores, nuestras ambiciones y nuestros fantasmas. Quizá sea por eso por lo que hablar del amor genere más malentendidos por centímetro cuadrado que cualquier otro tema: porque el amor está especialmente tejido de deseos y de ansias, y, por tanto, nuestra proyección en el otro es más exigente, más anhelante, más avasalladora.

Podría intentar explicar una vez más, en fin, que no desdeño el amor; que si digo que la pasión romántica es algo inventado es porque creo que hay otro tipo de amor, más real y profundo, al que el enamoramiento irreal y furibundo no hace sino dañar. Podría intentar explicar todo esto otra vez, con más párrafos y una escritura más pulida. Pero daría igual, porque muchos entenderán nuevamente lo que quieran entender, del mismo modo que yo, seguramente, les malentiendo a ellos. Vamos los humanos por el mundo envueltos en una nube de palabras, cegados y ensordecidos por nuestra propia realidad, ensimismados. Pero de cuando en cuando se enganchan casualmente dos frases dispersas, y entonces descubrimos súbitamente al otro, y se abren las espesas nubes que nos rodean, y nos rozamos los lomos, y surge el chispazo de la comprensión, el temblor de la complicidad y del entrañamiento. El calorcito.

(22-12-91)

Parejas

La pareja es un extraño animal bicéfalo de costumbres en general privadas, si bien suele manifestarse de manera más abierta en estas fechas navideñas, entre nubes de polvorones y surtidores de champaña barato; por lo que se recomienda a los zoólogos que aprovechen la ocasión para estudiar el bicho.

Hay parejas, por ejemplo, de natural exhibicionista y mangoneante. Llegan a las fiestas familiares empujando ante sí un rebaño de crías, futuras parejitas que aún no están en sazón y que se pasan la noche pateando espinillas. Estas gentes son quienes más comen y más hablan. Dictaminan dónde debe sentarse cada cual y opinan con igual rotundidad de los vinos de la cena y de las vidas ajenas. Son insufribles.

Hay parejas que, por el contrario, son del género ceñudo y arrugado. Desde que llegan, parecen estar malhumorados, como si arrastraran sobre los hombros un desaire tan antiguo como el mundo. Apenas si hablan, y cuando lo hacen sueltan frases crípticas del tipo de «claro, como vosotros siempre os habéis cogido los pedazos más grandes de las tartas...», todo dicho con mucho retintín y un amplio despliegue de miradas aviesas.

Hay otras parejas que están más desunidas. Las hay tan desamoradas y desatentas que la mujer puede regalarle al marido una caja de puros, por ejemplo, sin recordar que el hombre no fuma. O parejas tan envenenadas y perversas que el esposo obsequie a su señora con una inmensa caja de bombones, a sabiendas de que la mujer es un ballenato y está a dieta. Y aún hay, en fin, parejas más raras, capaces de lanzarse una mirada de complicidad por encima del plato de besugo: un chispazo de reconocimiento y recuerdos comunes. ¿Hay de verdad cariño en estas criaturas o sólo necesidad y rutina? Enigmática realidad la de estas bestias.

(28-12-91)

Ellos

Recibo una carta sobria y emocionante de Pilar, una mujer de treinta y tres años que acaba de perder a su marido en un accidente. Me pide que escriba unas palabras de homenaje a esos hombres que, como su esposo, Arturo, son «hombres completos: amigos, compañeros, amantes, esposos, padres». Son pocos, dice ella, y por eso se merecen nuestro reconocimiento doblemente. Tiene razón Pilar: hace mucho que les debemos unas palabras a *ellos*.

Son la otra parte del mundo, las antípodas. Que las mujeres reivindiquemos la igualdad de oportunidades no significa que nos creamos iguales a los hombres: no lo somos. Ahí reside la fascinación y la condena, el desasosiego y el embeleso: en el espacio negro que nos une y separa, en la ignorancia con que nos contemplamos mutuamente. Ellos son lo que no somos nosotras, y viceversa. La otreidad que nos limita y nos define. Giramos muy cerca los unos de las otras en el espacio, planetas solitarios y separados que se atraen y se repelen; y cuando nuestros campos magnéticos se cruzan saltan chispas. Todos andamos un poco chamuscados por estos fuegos artificiales tan terribles y bellos.

Dicen los clásicos que amar es dar lo que no se tiene y ser quien no se es. Es salirse de uno mismo e inventar el milagro de un territorio común en el que coincidir siquiera un instante con el otro. La vida está llena de estos encuentros imposibles y mágicos, momentos en que *ellos* nos hicieron el regalo y el esfuerzo de saltar el abismo. Hablo de esos hombres generosos que nos cuidaron en una fiebre, que nos sonrieron en el instante justo, que lloraron con nosotras, que nos ayudaron en un trabajo, que nos apoyaron en un momento de debilidad y nos reconocieron en uno de fortaleza, hombres maravillosos que nos miraron viéndonos. Gracias de corazón, en fin, a todos ellos.

(20-6-92)

El desamor

El desamor escuece. Conozco a una chica de veinte años que se pasó el fin de semana esperando a que él la llamara, y él no llamó nunca. La vi el lunes taciturna y furibunda, aplastada por la gravedad de la vida: es notable lo que aumenta el peso de la existencia cuando el desamor te ha hincado el diente. Si tu amado no te ama (si tu amada te ignora), el futuro te parece gris como una tarde de tormenta. Días interminables, meses aburridísimos, una vida sin enjundia y sin sentido. Porque el amor es una droga, y todo drogadicto cree que no puede sobrevivir sin la sustancia de la que está enganchado. Por eso a mi amiga se le había apagado el mundo aquel lunes funesto: nada existe, nada palpita, nada brilla si no te miran los ojos que tú quieres que te miren de la manera en que quieres ser mirado.

El desamor abrasa. Sobre todo al principio, sobre todo si tienes veinte años. Porque entonces te llegas a creer que tus pasiones son auténticas fuerzas de la naturaleza, tan ajenas a tu voluntad, inmensas e inmutables como los oscuros planetas que cruzan con lentitud el arco del cielo. Y así, cuando eres joven, crees que tu amado o tu amada son irreemplazables. Que no hay otro ser en el mundo tan maravilloso ni tan atractivo. Que nunca podrás amar a nadie de ese modo.

Luego pasan los años, las parejas, los enamoramientos fulminantes, los desencantos. Se te va poblando la memoria de pasiones apagadas y aprendes a relativizar tus sentimientos: sabes, por ejemplo, que el amor que estás perdiendo no es el único, y que tal vez ni siquiera es amor. Pero, aun así, el desamor escuece: el dolor está en su naturaleza, es corrosivo. Tiene, como la lejía, un ardor frío.

Y así, esperas esa llamada telefónica que nunca llega y rabias. Esperas la palabra justa que el otro no pronuncia y te desesperas. Esperas un milagro final: que él, o ella, se comporten de una manera distinta a como siempre son, o lo que es lo mismo, que sean otros. Pero él, o ella, suelen manifestar una mezquina y empecinada tendencia a seguir siendo como son y a no convertirse en el amado ideal que uno busca y desea. Y entonces uno se deprime, se fastidia, se acongoja y se abruma. Te duelen las yemas de los dedos del ansia de tocar, no ya el cuerpo esquivo de tu amado, sino más bien su alma: porque quieres atrapar ese espejismo de amor que se te escapa. Pero es como encerrar una voluta de humo en una jaula; cuando el desamor te ha hincado el diente, suele comerte entera. Eso también se aprende con los años.

Quise decirle aquel lunes a mi amiga tan joven y tan triste que, con el tiempo, el mundo vuelve a pintarse de colores y a recobrar su brillo. Pero no abrí la boca, porque pensé que me daría la razón como se la daría a un loco y que su corazón no me creería. Pude decirle también que hay un desamor más cruel y doloroso que el de que te dejen de querer: cuando sientes que el brillo de la pasión se va apagando, que la hoguera se convierte en una brasa. Amaste, lo sabes porque tu memoria te lo dice, pero tus sentimientos no lo recuerdan. Miras las viejas fotos de los primeros días de tu pasión, y no te reconoces en esa sonrisa, en esa emoción de sentirse juntos, en esa intensidad del bien quererse. ¿De verdad te palpitaba el corazón, se te nublaba la vista, perdías el aliento cuando le veías o la veías? Donde ayer hubo un horno y el resplandor de un sol hoy hay una polvareda de cenizas.

Quizá habéis vivido juntos durante años; quizá tienes hijos con él o has comprado una casa con ella. Le quieres como se quiere a la familia:

con un cariño acostumbrado. Pero en algún minuto de esa travesía temporal que habéis hecho en la vida tú has perdido el contacto con el otro. La mayoría de las veces no es cuestión de culpas, sino de desencuentros; la otra deja de ser la esposa que soñaste, el otro ya no encarna a tu pareja ideal. O más bien es cosa tuya: eres tú quien ha dejado de poner en el otro la ilusión del amor. Los pequeños rencores, las pequeñas disputas, las soledades medianas y los grandes malentendidos: toda esa basurilla que te echa encima, en suma, la abrasadora convivencia puede agostar en ti el enamoramiento que antaño sentiste. Porque el amor, por mucho que mi amiga veinteañera crea ahora, en su despecho, lo contrario, es una planta delicada y débil, a la que hay que regar con mucho tiento para que no se seque.

Duele el desamor, pues, tanto si no te aman como si tú no amas. Pero cuando aprieta el desaliento y te arde la despellejada piel del alma de un desamor reciente, conviene pensar algunas consideraciones que también pude hacerle a mi amiga y no le hice. Primero, que uno no puede pasar por la vida sin mancharse y sin herirse, y que todo lo importante tiene un precio; y así, el dolor del desamor (y atreverse a afrontarlo) es el precio de tu capacidad de amar y de esa intensidad gloriosa, vida pura, que la pasión te ofrece.

Segundo, que en todas las rupturas se aprende algo. Y tercero, que el amor no está en el otro, sino en ti mismo: si una vez amaste, lo volverás a hacer. Y siendo más sabio.

(20-6-93)

Los otros mundos

«Vis-à-vis»

De mis escasas visitas a las cárceles recuerdo, sobre todo, los silencios. Los centros penitenciarios son un rincón sin nombre de la geografía social, un agujero en el espacio. Atraviesas el portón y la vida queda fuera, tan lejana, tajado el bullicio, borrada abruptamente su existencia. Atraviesas el portón y te engulle el colosal silencio carcelario, que es un producto de la ausencia del tiempo y no del ruido. Ahí dentro, los días se detienen, las horas se derriten, las noches son eternas. Son prisiones de tiempo estancado, un pantano quieto en el que zozobra la memoria.

Siempre me sorprendo de ese mundo en suspensión que es la cárcel, y siempre me sorprende sorprenderme. Las prisiones son el anverso de lo que somos, nuestra trastienda social, los sótanos que equilibran el sistema, y, sin embargo, ignoramos empeñosamente su existencia. *Dentro* o *fuera:* dos aspectos de la misma realidad y un abismo intermedio, infranqueable.

Hay ocasiones en que el *interior* y el *exterior* se relacionan. Son instantes de tregua, penosos puentes. Son los *vis-à-vis:* unas visitas especiales, no en el locutorio, sino en una pequeña habitación. Sin testigos, sin rejas medianeras. Solos los dos, el de dentro, el de fuera. Son cuarenta minutos de intimidad, vertiginosos minutos exteriores, macerados minutos presidiarios. Momentos para besarse, para tocarse, probablemente para amarse. Allí están, haciendo colas durante horas. Las mujeres, las novias de los reclusos. Bien pintadas, bien peinadas, primorosas. Arregladas como para ir a un baile de domingo. Adornadas para visitar a sus hombres, para salvar a fuerza de afeites los abismos.

Hace unos días fui a Carabanchel para entrevistar al director. Patios inmensos barridos por el viento, ecos de pasos. Eran las siete y media de la tarde, noche ya de un día muy frío. Ante el rastrillo esperaba una chica. Pequeña y sola en el portón tremendo, tan grande el patio y ese silencio. Casi una niña era, y esmirriadilla. Minifalda vaquera nueva y barata, sus taconcitos. Allí quedó, aguardando su *vis-à-vis* junto a las rejas, cargada de rímel y paciencia.

Quizá siga aún ahí dentro, atrapada en el no ruido, en el no tiempo.

(18-1-84)

Gitanos

La penúltima escaramuza ha sido en Murcia, pero se trata de una indignidad habitual y muy extendida: seis niños gitanos han osado apearse de sus colinas de chatarra y mugre e ingresar como alumnos en un colegio. Entonces la inmensa mayoría de padres y madres de ese centro se han rasgado las vestiduras y han dejado al aire sus vergüenzas, esto es, una carne blanca, definitivamente paya y muy brutal.

Los padres y madres murcianos andan librando un singular combate contra su propia dignidad. Quizá sea ésta la primera vez que pelean juntos; quizá nunca han sabido unirse, antes de ahora, para pedir lo que la sociedad les debe: mejores escuelas, por ejemplo. Porque es en aquellos que ignoran el alcance de sus propios derechos en quienes prende con más fuerza la demencia del tumulto, el regusto acre y bestial del linchamiento.

Ahí están esos padres y esas madres, enloquecidos con una rabia sin razones, impidiendo que sus hijos acudan al colegio, cerrando la puerta de la escuela con candados. Después, y ahítos de gritar, quizá acudan a ver *El color púrpura* y llorarán lágrimas redondas y muy blandas con las penalidades de esa protagonista tan oscurita y simpática: los padres y madres murcianos son gente sensible. ¿Racismo en España? Ni pensarlo. Racismo el de Estados Unidos, en donde, hará tres décadas, hubo que poner escolta policial a los niños negros que acudían a las escuelas de los blancos, porque esos yanquis canallas no querían dejarles entrar. Nuestro caso es muy distinto. Nuestros gitanos no son como esos negros tan listos y tan guapos que salen en las películas, sino que son un pueblo roído de pupas, enfermo de miseria y, sobre todo, analfabeto. Y si son analfabetos, ¿para qué tanto interés en estudiar? Que se vayan los niños gitanos del reducto payo de la educación y la cultura. Que regresen a sus montones de chatarra, a dar cantazos a las ratas y cazar moscarras verdes, que es lo suyo. Hundámosles en el gueto del olvido y que continúe esta situación de esclavitud sin amo por los siglos de los siglos.

(11-10-86)

Maña

Seguramente, Erostarbe, alias *Fitipaldi*, es conocido entre sus amigos como *Fiti*, por esa tendencia al apócope que proporcionan la costumbre y el cariño. Sí, hombre, Fiti, ese chico tan trabajador y tan mañoso. Dicen que ha sido él quien ha ingeniado el nuevo tipo de bomba que usa ETA. Un diseño finísimo.

Por los visto, los flamantes artefactos poseen al menos tres mecanismos de activación no conocidos. Hay que ver la de magín que hay que poner en ello. En inventarlo, digo. Me imagino al laborioso Fiti currando por las tardes en un cuarto pequeño de su casa, en el que quizá haya un sofá desfondado, un televisor, un osito de peluche de algún niño. Allí, en la mesa, sobre un hule, Fiti extenderá sus destornilladores, sus alicates y sus pinzas, comprados en la sección de bricolaje de El Corte Inglés o puede que en los almacenes Au Printemps, porque el hombre está en Francia.

Cuánto ingenio, cuánta dedicación, cuánta creatividad hay que poner para inventar una bomba tan buena. Cavilará el tipo durante horas sobre cómo colocar el explosivo para que pueda matar más y mejor. Apretará con mimo un tornillito y se dirá: «Va a quedarme preciosa». Pensará en su trabajo por las noches, en la soledad de la duermevela, y por las mañanas, bajo el tamborileo de la ducha, y al fin ideará un mecanismo nuevo, qué estupendo: en cuanto que rocen con este alambre se revientan. Estará orgulloso de su invento.

No sólo produce náuseas, sino un vértigo profundo ese tesón helado, esta maña asesina, esta perseverancia creativa en el destripador de inocentes. El razonamiento de la sinrazón, eso es lo más perverso: también los científicos de Hitler se estrujaron las neuronas ideando unos hornos crematorios más eficaces. ¿Y esos ayuntamientos de HB que después les nombran hijos predilectos? El fanatismo es el atributo humano más abyecto.

(6-7-91)

«Lucy»

Hará cosa de un mes que sé que *Lucy* existe, desde que su historia apareció en la televisión norteamericana, en un interesante programa de divulgación científica sobre el lenguaje. *Lucy* es un chimpancé. Al poco de nacer fue adoptada por una pareja de Nueva York, ciudad que siempre se ha distinguido por el exotismo y la excentricidad de sus animales domésticos: ahora, por ejemplo, se ha puesto de moda tener en casa orondos y retintos cerdos vietnamitas y pasearlos por la Quinta Avenida con un lazo.

El caso es que *Lucy* fue recogida cuando no era más que una pizca de mono, una bola peluda. La criaron y educaron en la ciudad, como a un humano. Le enseñaron el lenguaje de gestos de los sordomudos para comunicarse con sus dueños. *Lucy* no es el único primate inferior que *sabe hablar* por medio de sus manos: hace ya más de quince años que la psicóloga estadounidense Francine Patterson inició su célebre experimento con la gorila *Koko*, a quien enseñó el lenguaje de los sordos. Hoy *Koko* es capaz de entender mil signos y de usar quinientos. Mantiene conversaciones, plantea preguntas, maneja conceptos. Es un logro inquietante y formidable.

Lucy también *hablaba*. Se crió en la casa, como un niño. Vivió así, con *los suyos*, durante dieciséis años. No conocía otra selva que la de Manhattan. Entonces algo les sucedió a sus dueños. No pudieron mantenerla por más tiempo en casa y, pensando en buscarle un buen acomodo, mandaron al animal a una reserva zoológica de África. Allí la metieron con otros chimpancés en una gran jaula. Los cuidadores advirtieron enseguida que *Lucy* no se encontraba bien, apenas si comía, y se mantenía todo el tiempo acurrucada en una esquina de la jaula, como si se sintiera aterrorizada por sus compañeros. Algún tiempo después acertó a pasar por el zoológico un visitante que entendía el lenguaje de los sordomudos. Descubrió, estupefacto, que, desde el otro lado de los barrotes de su encierro, un chimpancé le decía una y otra vez por medio de señas una frase frenética: «Help out, please», que viene a ser algo así como «Ayuda salida, por favor».

El programa de televisión contaba la historia como de pasada, y no decía si rescataron a *Lucy* de su infierno o si aún sigue allí, entre rejas, gritando sus gritos sin sonido. No hay ningún alivio, por tanto, para el estremecimiento que produce el asunto.

Cabría preguntarse por qué este relato sobre el sino de *Lucy* resulta tan desagradable y doloroso. Sí, desde luego, es una perfecta fábula moral sobre la responsabilidad del ser humano en su relación con los animales. Y, por otra parte, casos como el de *Lucy*, o como el de *Koko*, enturbian un tanto nuestras ínfulas de reyes de la creación. Porque a los humanos nos gusta creer que entre nuestra perfección biológica y la ciega existencia animal media un abismo, y las criaturas fronterizas y crepusculares como *Lucy* o *Koko* nos destrozan la teoría y nos dejan el ego de la especie hecho un guiñapo.

Pero, aun siendo todo esto inquietante, a mí me parece que lo que más descorazona de la historia de *Lucy* es otra cosa. Es, sobre todo, su soledad absoluta, inacabable. Lo más angustioso es imaginar a la chimpancé *hablando* desesperadamente con todas y cada una de las personas que pasaran por delante de su jaula. Ella creía estar utilizando el lenguaje de los hombres y las mujeres, pero no conseguía que la entendiera nadie. *Lucy*, en fin, se expresaba mediante un código humano que, en realidad, le era ajeno; pero los humanos que la veían pensaban, sin duda, que gesticulaba como un mono. Es difícil encontrar un ejemplo más exacto y patético de la incomunicación.

Eso es lo que más escuece: el desencuentro total de *Lucy* con el resto del mundo. Los chimpancés la asustan, las personas la ignoran. Es un monstruo, porque no hay lugar para ella dentro del antiguo orden de las cosas.

La historia de la literatura está llena de monstruos, desde Quasimodo a Frankenstein: criaturas únicas y trágicas abrumadas por el peso de su singularidad. No es casual que estos seres, siempre inocentes y siempre desgraciados, emocionen tanto, generación tras generación, a sus lectores. En el drama del monstruo se reflejan nuestros miedos a no ser aceptados. Nuestras diferencias vergonzantes y secretas con la norma. Y, sobre todo, ese núcleo básico de lo que eres, esa sustancia que nunca sabrás expresar y nadie podrá entender. La soledad profunda.

Lucy representa todo esto en su estado más puro. Perpleja y doliente, víctima de todos, olvidada en su jaula, esta pobre chimpancé es más angustiosamente humana que muchos de los humanos que conozco.

(7-7-91)

Odio

Ahora que andan rematando el último lote de migas de muro para hacerse pendientes, hete aquí que estamos levantando con toda presteza otro muro interior, una dura frontera que linda con la ferocidad y la burricie. Estoy hablando del racismo, esa gran batalla que se acerca. Porque, dentro de poco, este conflicto ocupará la primera línea de combate, será el rincón más escocido de la carne social. Veo cómo crece alrededor y siento vértigo.

Desdeñamos a los *moros* y a los negros, pero sobre todo padecemos esa mala fiebre del entendimiento que es la violencia contra los gitanos. Una amiga mía dice que, en estos casos, habría que actuar como con Suráfrica. ¿Que un pueblo manifiesta un brote de racismo? Pues se aísla la zona: no habrá artistas que quieran actuar en sus fiestas locales, se suspenderán los tratos comerciales y, para más chinchar, hasta se les puede quitar el descuento de los *días azules*. Admito que es una idea tentadora, pero a la postre resultaría injusta: probablemente el boicoteo lo sufrirían los más pobres. Ya lo decía un manifestante antigitano el otro día: en los barrios de los ricos nunca se plantean estos conflictos. Sí, es verdad, en La Moraleja no habrá jamás un asentamiento de chabolas. Pero también es verdad que su actitud, por mucho que lo nieguen, es racista. Sus problemas no se van a resolver con la irracionalidad y el fanatismo.

Lo que más me preocupa es la velocidad con que se extiende el mal, lo mucho que prolifera el bacilo de la cólera. Porque es una enfermedad, sin duda alguna. De otro modo, ¿cómo puede entenderse que una mujer normal vaya a la puerta del colegio a llamar *asesino* a un crío de seis años? Pero lo peor de todo ha sido ver esa foto de unos chavales payos de cinco años insultando a los niños gitanos. Son los hijos del odio. Qué vergüenza.

(28-9-91)

Eclipse

Conozco a unos cuantos militantes de HB que son gente verdaderamente encantadora. Son ecologistas y se preocupan mucho, con razón, del aire y del agua, del ozono, de los pobres rinocerontes aniquilados, incluso del incierto futuro de una hojita de hierba. Son unos tipos buenazos y compasivos: atienden durante meses a una vecina enferma, siempre están dispuestos a hacerte un favor, cuidan de manera voluntaria a los ancianos de su zona. Tienen, en suma, un talante amable, casi, diría yo, inocente. Hace unos meses, a raíz de una de las carnicerías de ETA con bomba y niños muertos, mencioné el suceso a dos de estos bondadosos militantes. «Pues ya hace falta valor para poner una bomba en un coche, ¿eh?», dijo uno, todo pensativo. Y añadió: «Porque te pueden pillar mientras la pones». Fue el único comentario que salió de sus bocas.

No sé si estos hombres y mujeres compasivos habrán visto las imágenes de los atentados del jueves pasado. Carne desgarrada, huesos arrancados, la niña mutilada, un dolor insufrible, un horror para el que carezco de palabras. Y no sé si seguirán manteniéndose impasibles, inasequibles a la náusea; si aún admirarán el repugnante temple de los matarifes al matar. Lo más terrible de todo es que esos militantes de HB a los que me refiero son de verdad sensibles y solidarios; pero algo que sin duda es una enfermedad moral parece suspenderles súbitamente el juicio, colapsarles el corazón, dejarles sin entrañas. Y así, son incapaces de otorgar a esas víctimas sangrantes e indefensas, a esos cuerpos salvajemente torturados, ni la décima parte de la compasión que le brindan al rinoceronte que se extingue. Me espanta ese eclipse de bondad, ese agujero negro que de cuando en cuando les anula el cerebro. Porque es este magma irracional lo que alimenta a ETA.

(19-10-91)

Pobres

Nunca se han cotizado tan bajo los pobres como ahora. Ciertamente, los pobres siempre han sido pobres, es decir, gente rota, marginada y de poquísimo lustre. Pero en otras épocas de la historia han tenido algunas funciones sociales específicas, cierta utilidad e incluso un prestigio.

Recuérdese, por ejemplo, que durante muchos siglos los pobres fueron un estupendo instrumento de salvación. Los señores feudales les sacaban las mantecas a sus siervos y los patronos del siglo XIX explotaban a sus obreros hasta dejarles hechos cisco, pero luego señores y patronos siempre podían repartir unos cuantos cobres a los mendigos y, zas, tan relimpios y redimidos de conciencia que se quedaban. Si no llega a ser por los pobres-pobres, los pobres ricos se hubieran ido todos de patitas al infierno.

Los pobres también han sido la mar de útiles en el pasado para componer ideologías. Demagogos ilustres se han llenado la boca y los bolsillos declamando sobre ellos, por ejemplo. Y durante muchos años la mitad del mundo pensó que los parias de la Tierra, bien agrupados en la lucha final, nos traerían a la postre la felicidad y la justicia. Los pobres, ya lo he dicho, tuvieron sus momentos de gloria.

Pero ahora se han roto los sueños del espíritu, que eran las creencias religiosas, y los de la carne, que eran las reivindicaciones comunistas. Ya no hay mala conciencia, ni cristiana ni social. Puestos a no haber, ni siquiera hay infierno. Todo esto viene a cuento porque he leído que este año morirán de hambre en el mundo quince millones de personas; y que en España hay cuatro millones de individuos extremadamente miserables. Pero, claro, a quién le importa hoy ese batallón de anónimos mugrientos. Estando como estamos con la tripa tan llena y la cabeza tan vacía, no se puede pensar en los mendigos.

(9-11-91)

El poder de los viajes

Es curioso: en los viajes, como en el juego, se conoce a las personas. Por su actitud ante lo imprevisto, la incomodidad, el riesgo; por su curiosidad o su abulia ante las cosas, podemos leer en el carácter de nuestro compañero de viaje más íntimas verdades que en varios años de relación sedentaria, tranquila y amistosa.

Cuando nuestra amiga Clotilde, tan buenecita ella en lo cotidiano, nos sorprende en un corto viaje a Santander acaparando despiadadamente y durante horas el único cuarto de baño de la pensión, para salir al cabo dejándolo hecho una especie de pantano jabonoso con isletas de manojos cabelludos, es como para dudar de la Clotilde que antaño conocíamos. Y si resulta que Mariano, tan educado él en la oficina, se convierte en ruta en un avaro que obliga a dormir a todos en un tugurio infecto y en un energúmeno autoritario incapaz de detener el coche aunque los demás se estén muriendo de ganas de ir al servicio, entonces habrá que convenir que el Mariano de la oficina sólo era un espejismo.

Tan bueno es esto de viajar para contemplar en toda su salsa las miserias y las grandezas del contrario, que sería recomendable que todas las parejas, antes de convivir, se pegasen un garbeíto de prueba. Y qué digo parejas: también deberían hacerlo los futuros socios de negocios diversos, los futbolistas con sus posibles entrenadores, los pacientes con sus potenciales dentistas, ¡incluso los votantes con sus diputados futuribles! Sería un sistema espléndido para descubrir la medida interior de las personas, pero me temo que resulte impracticable por falta de plazas hoteleras.

Viajar nos exhibe tal y como somos, delata nuestros sueños y nuestros pavores. Hay viajes de muy diversa especie, como distintos somos los seres humanos. Y así, hay turistas frenéticos que se recorren media Europa en cuatro días, y viajeros tan parsimoniosos que jamás regresan, como sería el caso del escritor Paul Bowles. Los hay que aman la rutina de un veraneo repetido, el retornar una y otra vez al mismo paisaje, al río que ya conocen, al atardecer en el que se recuerdan año tras año. Y los hay, por el contrario, aventureros y agitados, que hacen *rafting* con balsas de troncos por ríos espumosos y tronantes, vuelan por encima del Machu-Picchu en ala delta y demás barbaridades semejantes. Hay quienes siempre buscan el mar, y otros, en cambio, se chiflan por las montañas o el desierto. O por las grandes ciudades. O por las ruinas. O por un campo dócil cubierto de vaquitas. Hay temperamentos para todo.

Por mi parte, a mí lo que más me gusta son los confines, aquellos lugares remotos y a menudo desolados en los que te sientes en el filo del mundo. En el borde mismo de lo desconocido. Aunque el exotismo y la distancia ayudan a conseguir este efecto, no es necesario marcharse muy lejos: me he sentido en el fin del mundo estando en León, en los Ancares, y hay en mi memoria una noche de luna llena, con las montañas brillando como espejos plateados, que guardaré sin duda en el recuerdo hasta el fin de mi tiempo.

Pero hubo otras ocasiones en las que me sentí tan lejos de todo lo conocido que casi me encontraba fuera de mí misma. Me acuerdo ahora de una de esas experiencias: fue en Nepal, en la zona antigua de Katmandú, un barrio medieval erizado de viejísimos templos que en mi memoria tienen el color de la herrumbre o de la sangre. Uno de esos templos era el de la diosa Kumari. El panteón hindú tiene más de cuatro mil dioses; pero la Kumari es única, porque está viva. Es una niña escogida desde los cuatro años por su perfección física y su vigor mental. Vive en el templo, y será la Kumari hasta que lleguen sus primeras sangres; entonces regresa al mundo y es sustituida por otra pequeña. Las ex kumaris pueden hacer su vida normal: pero es muy raro que consigan casarse, porque los hombres temen unirse a una mujer que de niña fue diosa. Porque la Kumari no es una representación: es la misma divinidad.

La Kumari puede visitarse. Entras en el templo y llegas a un pequeño patio de piedra labrada. Si esperas allí lo suficiente, y si hay otros fieles aguardando, la Kumari aparecerá por una ventana alta y te otorgará el favor de su mirada impávida de diosa. Cuando yo la vi, la Kumari parecía tener unos ocho o nueve años. Vestía un traje de seda rojo con espesos bordados de oro y estaba cubierta de joyas. Toda ella era como una resplandeciente llamarada en el gris del patio, conquistado por las sombras del atardecer. Se asomó así a su ventana, como una porcelana incandescente, la carita morena y delicada, los ojos muy negros. Nos miró, hermosísima, y los pocos fieles que me rodeaban se estremecieron. La Kumari desapareció en seguida sin haber hecho ni el más mínimo gesto. La ventana se cerró. El patio se hundió en la noche y en mi memoria. Ser rozada por la viejísima mirada de una diosa niña: ése sí que es un viaje remoto, un confín íntimo.

(26-1-92)

Negritud

Dos presos que llevaban diecisiete años en una cárcel de Estados Unidos acaban de demostrar que son inocentes. Los hombres son negros, y el crimen que les *colgaron*, el asesinato de un policía blanco: no parece una distribución casual de los colores. Les condenaron porque la policía falsificó las pruebas. Y aún han tenido suerte: les podrían haber torrefactado en la silla eléctrica.

Hace unos meses, a mediados de enero, *El País* publicó una minúscula noticia: Regina Osai, natural de Ghana, condenada a dos meses de arresto, acababa de salir de la prisión de Nanclares de Oca (Álava) tras cumplir más de dos años de prisión preventiva. Había sido detenida con doscientos setenta gramos de heroína; la condenaron a los dos meses por falsa identidad y a ocho por la droga. Pero el Supremo la absolvió de este último delito. Lo malo es que nadie comunicó esa absolución ni a la prisión ni a la Audiencia Provincial; esto es, olvidaron a Regina en el agujero. Regina también debe de ser negra. Negra por dentro, como pueden ser negros los albaneses muertos de hambre, o los polacos rubios y paupérrimos. Con la negritud final de la miseria.

Desde luego, Regina había transgredido la ley; y es probable que los dos hombres injustamente condenados también fueran, en su tiempo, unos chicos suburbiales, pobres y conflictivos: miseria e ilegalidad van a menudo unidas. Pero lo terrible es advertir que a la policía le debió de dar lo mismo endilgarles el muerto a éstos u otros *morenos;* y que nadie se molestó en acordarse de Regina. Y es que las fronteras entre la normalidad y la marginación son cada vez más hondas, más impermeables; y al otro lado de los fosos y las empalizadas engorda el pantano de los desheredados, en donde todos son intercambiables, todos olvidables, todos inexorablemente perdedores, todos negros.

(28-3-92)

La felicidad

El pasado mes, mientras hacíamos un reportaje por el Polo Norte, el fotógrafo Chema Conesa y yo nos encontramos a un chico español en mitad de los hielos. Pertenecía a la expedición de Mapfre, que se está cruzando el Ártico occidental con trineos de perros, y llevaba cerca de tres años viviendo allá arriba. Había aprendido inuktitut, el idioma esquimal, y aquello le gustaba tanto que pensaba quedarse. El Norte ya no es ese lugar inhóspito y durísimo que hasta hace poco fue: ahora hay casas confortables, buenas calefacciones, televisión, teléfono. Pero aquél sigue siendo un mundo inmenso y congelado, un espacio perdido. Allí no hay atascos de circulación, ni prisas, ni grandes almacenes: sólo existe el hielo que mata y que quema. Supongo que es esto lo que atraía al chico: ese horizonte interminable en el que el ser humano parece encontrar su justa medida. Quiero decir que en esas latitudes la vida aún conserva ciertos perfiles básicos.

Me los he ido encontrando por todas partes. Gentes como el muchacho de Mapfre, pero aún más radicales. Hijos de las sociedades industriales que desertaron de su mundo para buscar algo *más auténtico*. Los he visto malvivir en la selva tropical en condiciones muy penosas; o habitar una humilde choza sin agua y sin luz en el rincón más perdido de los Andes. Cabría preguntarse si consumir media jornada cada día en la embrutecedora tarea de acarrear agua potable, pongo por caso, es de verdad más interesante que vivir en la ciudad moderna. Y seguramente no lo es. Pero sí debe de ser mucho más tranquilizador. Porque no existe la duda, no caben opciones: hay que traer el agua, ya que si no bebemos nos morimos.

Todos hemos sentido alguna vez, en el atardecer de un pueblo remoto, la tentación de semejante huida. Todos hemos pensado en alguna ocasión: «Y si yo abandonara mi vida caótica y absurda; y si yo me viniera a este campo, a este monte, a esta costa, a construirme una existencia básica y sencilla...». Y en esa sencillez creemos percibir la *autenticidad*, el peso consolador de lo real. Es el ensueño de escapar hacia atrás en la escala de nuestra evolución.

Porque la mayor tragedia que vive el ser humano consiste, me parece, en el conflicto entre lo animal y lo cultural. Entre la existencia primordial y esa realidad cada vez más compleja y más artificial que vamos construyendo. Y así, llevamos todos dentro un animal de instintos traicionados y heridos; y nos abrasa la nostalgia de un mundo que no hemos conocido, pero que sin duda aún está inscrito en nuestros genes: un mundo de matar y morir, en el que todo era inútil, todo evidente, todo necesario. Mientras que la vida moderna está llena de arbitrariedades, de opciones irrelevantes y de rutinas sin sustancias.

Qué pálida y ridícula parece —y muchas veces es— nuestra existencia, estragada por el frenético tictaquear de los relojes, atrapada en los humeantes atascos, neurotizada por la ambición de poseer un coche más imponente que el del vecino. Vivimos angustiados por el ansia de atrapar nuestra felicidad, que siempre nos esquiva. Esto, la felicidad, es también un invento de la cultura. Los humanoides que fuimos antaño, mucho más instintivos y animales, seguramente no nos planteábamos semejante entelequia: para estar satisfechos bastaría con sobrevivir hasta llegar la noche, con hallar un cobijo, con conseguir comida, con encontrarse sano.

Algo de eso deben de andar buscando los desertores de la sociedad industrial, aquellos que se retiran al Polo o a la jungla: sentirse vivos y dar gracias por ello, poder oír cómo pasa la sangre por sus venas. Esto es: reencontrar su cuerpo. Porque nuestra sangre y nuestra carne es el último reducto de la animalidad. Ahora el cuerpo se ha puesto de moda: se escriben gruesos libros de ensayo, sesudos artículos, ilustres conferencias. Y se nos tiraniza con el colesterol, con las vitaminas, con el aerobic. Quizá todo esto no sea sino una ofensiva más de nuestro ser cultural contra nuestro ser animal; esto es, una nueva manera de engrosar las cadenas del animal preso y derrotado que nos habita.

Comprendo, y a veces hasta envidio, a aquellos que se escapan de la vida moderna y regresan al rigor de lo elemental. Pero sé que la humanidad, en su conjunto, no puede ir hacia atrás. Las personas somos lo que somos: un penoso conflicto entre el doctor Jekyll y Mr. Hyde. Cuando nos vamos pasando, generación tras generación, el mito del paraíso perdido, quizá no estemos hablando en realidad del hombre y de la mujer originales, sino de los animales que un día fuimos. De aquel mundo instintivo lleno de ignorancia y de inocencia, en donde parecíamos dichosos porque no conocíamos lo que era la dicha. Pero yo reivindico, sin embargo, nuestro ser cultural. Somos criaturas rotas y divididas, pero eso es exactamente lo que nos hace humanos. Y en nuestra absurda y dolorosa ambición de ser felices me parece ver una locura luminosa y terrible, una rara grandeza.

(17-5-92)

Mi perra no me habla

Tengo una perra vieja, descangallada y barrigona, que se cree un ser humano. No soporta la soledad, y este defecto parece haberle ido empeorando con la edad; ahora está llena de mañas, y es rencorosa y vengativa como un elefante. El otro día le preparé la cena y me marché de casa. Cuando regresé, varias horas más tarde, el cuenco de comida estaba intacto y, lo que es más, tampoco conseguí que probara ni un bocado en mi presencia. Me preocupó un poco, porque mi perra es en general de una glotonería abyecta. Además al animal se le veía muy mustio: no brincaba ni jadeaba, no te pisoteaba ni te embestía (es de tamaño grande), que es lo que suele hacer para demostrarte su cariño. En vez de eso, permanecía lánguidamente tumbada, sumida en la melancolía, orejigacha. Empecé a pensar que estaba enferma.

Pero en ese momento entró mi pareja por la puerta, y la perra cambió de actitud inmediatamente. Le brincó, le sonrió, le llenó de babas amorosas y, ya con él delante, devoró su comida alegremente sin parar de menear el rabo como una comba. Entonces comprendí que antes no estaba enferma, ni siquiera triste: estaba ofendidísima y molesta conmigo, porque yo había sido la última en marcharme de casa y por consiguiente la culpable de su soledad. Y lo peor es que han pasado un par de días del suceso y esta perra tirana sigue sin hablarme.

A veces sucede que, observando a los animales, nos sorprendemos de la semejanza de algunos de sus comportamientos con los del ser humano. Los modernos etólogos están aprendiendo día a día detalles prodigiosos de la conducta animal, sobre todo en los grandes simios, primos cercanos nuestros. Acaban de descubrir, pongo por caso, que ciertas madres chimpancés que ocupan en el grupo un lugar bajo agarran a los bebés de otros chimpancés de alta jerarquía y les mantienen apretados en su regazo junto a sus propias crías, para que así los dos bebés se hagan amigos y, cuando crezcan, el hijo cuente con buenas relaciones en las alturas. Lo leí hace unos cuatro meses en el *National Geographic* y me quedé pasmada: por lo que se ve, también existe el arribismo social entre las bestias.

Me parece que hay que huir, sin embargo, del antropomorfismo. De esa tentación, tan torpe y egocéntrica, de convertir a todo animal en una mera copia del ser humano. Una copia, además, siempre tonta y fallida, siempre insuficiente, a menudo risible. Como si las bestias fueran una suerte de ensayos defectuosos en el *camino de perfección* hacia la humanidad. Esta rudimentaria concepción del mundo, que coloca a hombres y a mujeres en el ombligo mismo del universo, ha llenado la historia de errores sanguinarios y horripilantes: decir que la Tierra giraba en torno al Sol, y no a la inversa, fue en sus tiempos, por ejemplo, una herejía tremenda, y causó el crepitar de muchos cuerpos dolientes en la hoguera.

Ahora ya no tenemos más remedio que admitir que nuestro planeta se mueve alrededor del Sol, que encima estamos colocados en un rincón perdido de las afueras de nuestra galaxia y que, para colmo, poseemos un tamaño astronómicamente despreciable. Un duro golpe para el narcisismo de nuestra especie. Aun así, y aunque la ciencia lo desmienta una y otra vez implacablemente, los humanos seguimos empeñados en sentirnos los reyes de la creación. Y en esta embriaguez ególatra, que suelen fomentar las religiones, echan sus raíces muchos de nuestros excesos: el modo en que estamos destrozando el planeta, por ejemplo.

De modo que, cuando nos reconocemos en el comportamiento de algunos animales, creo que, más que pensar que ellos son como nosotros, hay que entender que nosotros somos como ellos. Esto es: que pertenecemos al mismo caldo biológico, a la misma realidad de muerte y vida. A una sustancia magmática y común que luego se va diversificando en especies distintas.

El naturalista británico David Attenborough me contó en el curso de una entrevista, hace muy poco, que el momento más conmovedor de su vida profesional ocurrió cuando estaba estudiando a los gorilas en África y de pronto se le acercó una gorila hembra, le sujetó suavemente la cabeza con sus grandes manazas y comenzó a su vez a estudiarle a él.

Como humanos poseemos una aguda conciencia de la individualidad y sin duda es verdad que todas las personas son distintas. Pero también es verdad que todos somos absolutamente iguales, más allá de las culturas y de los milenios; y esa semejanza sustancial que uno adivina en el otro te alivia, de algún modo, del peso de tu muerte individual. Ahora bien, si, como le sucedió a Attenborough, ese otro ya no es ni tan siquiera humano; si te llegas a poder reconocer en los ojos de una criatura de otra especie, entonces sí que debes de intuir, por un instante, el misterio mismo de la vida; y sentirte tan infinitamente diminuto que alcances a ser tan grande y tan eterno como el universo.

(12-7-92)

Invisibles

La vida real tiene a veces metáforas tan redondas que, escritas en una novela, resultarían torpes por lo obvias. Ése es el caso de los sesenta centroafricanos atrapados entre las fronteras de España y de Marruecos, esto es, en tierra de nadie. Siempre me sobrecogió ese espacio enigmático de la tierra de nadie; de muy niña me lo imaginaba como el no lugar, un punto de horrible inexistencia, sin sol y sin memoria, sin madre y sin cobijo. Hoy, ya de muy adulta, sé que es así de terrible como me lo temía, y que esa tierra de nadie es la mayor metáfora de la marginación, de una indefensión brutal y planetaria. Porque los parias que la padecen están tan absolutamente despojados de todo que no poseen ni tan siquiera su propia pobreza: se es pobre con respecto a alguien, y ellos no son *de nadie*.

Nosotros echamos a los sesenta centroafricanos de nuestro país rico, y los marroquíes no quieren aceptarlos en su país pobre, porque estos inmigrantes vienen de un Sur más profundo, de un mundo aún más paupérrimo, de ese despeñadero de la tierra en donde mueren cada día quinientos niños. De un lugar que ya no cuenta, como no parecen contar ellos tampoco: no son más que sesenta, y qué son sesenta negros miserables en mitad de un continente naufragado; son tan pocos que ni siquiera abultan las estadísticas de fallecimientos, de refugiados y de sidosos, que son los únicos cómputos que todavía prestan atención a ese rincón del mundo, las únicas cifras con las que recordamos al África triste.

Por eso estos inmigrantes centroafricanos han sido expulsados del inclemente paraíso europeo y se han caído por el desagüe de la inexistencia, por las grietas cada vez más profundas que se abren entre los países. Ahí están, en fin, deshidratándose en unos cuantos palmos de tierra calcinada. Condenados a la invisibilidad porque nadie los mira.

(18-7-92)

Impostores

No sé si conocen ustedes el caso del reclamante de Tichborne; fue un famoso proceso que se celebró el siglo pasado en Inglaterra y que encandiló la atención del mundo durante mucho tiempo. Roger Tichborne, el hijo mayor de un rico aristócrata británico, se perdió en un naufragio en Suramérica en 1854, cuando contaba veinticuatro años. Poco después, el padre, sir Roger, moría en Londres, y era sucedido en el título y en sus posesiones por el hijo pequeño. Pero en 1865 apareció en Suramérica un hombre que aseguraba ser el Tichborne del naufragio, el hermano mayor y, por tanto, el heredero del nombre y de las riquezas.

El reclamante viajó a Londres, y comenzó entonces un proceso legal largo y complicado que dividió a la poderosa aristocracia británica en dos mitades: los que apoyaban al reclamante y los que consideraban que era un fraude. La madre reconoció al recién llegado como su hijo perdido, y numerosos nobles tuvieron a gala hacerse sus amigos. Como sir Richard Burton, el explorador y traductor de *Las mil y una noches*, que sirvió al reclamante de testigo en la causa y declaró que era todo un señor, un evidente caballero.

Sin embargo, el tribunal falló en contra del supuesto sir Roger, momento que aprovechó el hermano pequeño para acusarle de perjurio. Y así, el reclamante fue condenado en un nuevo juicio a catorce años de cárcel por la suprema osadía de intentar ser aristócrata y rico cuando, según los jueces, no lo era. Recordemos que se trataba de la sociedad victoriana, terriblemente clasista e inclemente en su defensa de la propiedad privada: por robar un pollo podías ser condenado a cinco años de trabajos forzados en Australia.

Cumplió el reclamante diez años de su pena y salió de prisión en 1884. Se marchó a Nueva York y abrió un salón de bebidas; y siempre sostuvo que *era* sir Roger Tichborne.

Siguió teniendo partidarios incluso despues de su condena: muchos pensaron que el poder del dinero había cometido contra él una injusticia abominable. Pero cuando el reclamante murió en la miseria, a finales de siglo, dejó escrita una confesión diciendo que no era sir Roger, sino sólo Arthur Orton, de Wapping (un barrio pobre de Londres), marinero y carnicero en Wagga-Wagga, Australia. Y sin embargo, había conseguido engañar a la madre, ansiosa de recuperar al hijo muerto, y a los estrictos y cerradísimos cursis de la nobleza británica, que no habían advertido en él modos groseros ni acentos plebeyos. Lo cual, en la jerarquizada sociedad inglesa de la época (véase Dickens), supone una proeza incalculable. Incluso el escritor norteamericano Mark Twain, que vio al hombre durante el juicio, dijo de él que era un tipo «muy elegante y aristocrático».

Siempre me han fascinado estas gentes que, como el reclamante o como Anastasia, la supuesta hija del último zar, sostienen durante toda su vida una identidad que los demás les niegan. Quizá sean fraudes, como el de Tichborne: esto es, quizá hayan nacido llamándose otra cosa y con otro destino. O puede que sean personajes trágica e injustamente negados: de Anastasia, por ejemplo, no se sabe seguro si fue ella o no lo fue. Aunque en el fondo a mí me da igual cómo nacieron. Para mí, Arthur Orton, antiguo carnicero en Wagga-Wagga, merece más ser Roger Tichborne que el jovencillo aquel que se ahogó tontamente ante las costas americanas. Es más: empiezo a pensar que cuando de verdad mintió el reclamante fue en su confesión final; que se rindió ante el desprecio de los otros y admitió ser un tal Orton, aunque no lo fuera.

Bajé el otro día en un ascensor de un edificio público con un hombre de unos sesenta años. Era un trayecto largo e íbamos solos. Quiero decir que le pude estudiar con el rabillo del ojo (la mirada de los ascensores) durante largo tiempo. No sé por qué me pareció ridículo. O sí lo sé: por el mal gusto de su ropa cara y extemadamente convencional; por la camisa abierta sobre el pecho, como si acabara de dejar el yate en el piso dieciocho; por sus aires de conquistador marchito y bobo. Me pareció catalogable en la categoría de tonto notorio, un tipo indigno a todas luces de ser amado.

Pero llegamos a la planta baja, se abrieron las puertas y apareció, esperándole, una mujer de aspecto muy agradable, sin duda su esposa. Le sonrió con antiguo afecto, le quitó no sé qué motita de la solapa con mano maternal, le agarró del brazo con complicidad y se marcharon. Así es que a mi tonto notorio le querían; y probablemente, me descubrí pensando con estupor, habría sido amado con absoluta pasión alguna vez, por su mujer e incluso por otras. Y así, ese tipo ridículo le habría parecido a alguien, en algún momento, el ser más maravilloso de la tierra. ¿Dónde fingía más, cuál era el personaje más fraudulento de este hombre? ¿El amante deslumbrador para su amada o el tipejo patético del ascensor? Recordé entonces al reclamante de Tichborne: si nos fascinan estas historias, en fin, es porque todos somos impostores de un modo u otro.

(6-9-92)

Madrid

He nacido en Madrid, y siempre me ha parecido que esta ciudad era un lugar sin sabor y sin memoria, el centro de la nada, como me parece que decía Agustín García Calvo en un himno madrileño que no ha prosperado. Recuerdo, de niña, la envidia que me provocaban las compañeras del instituto, que tenían casi todas un terruño, una historia, una cultura; el orgullo de ser asturianas, o extremeñas, o catalanas, y además un caudal de conocimientos extraordinarios, tales como fiestas y leyendas tradicionales, bailes y costumbres, dulces sabrosísimos, trajes regionales e incluso, el colmo de la envidia, idiomas propios. Ante ese despliegue de saberes formidables, tú permanecías boquiabierta y añorante, porque en Madrid no había nada parecido; al menos en mi Madrid de los años cincuenta y sesenta, una ciudad de aluvión informe y confusa.

De modo que esta ciudad siempre fue para mí un no lugar, un agujero negro; y luego, cuando llegué a la primera juventud, empezó a ser, además, un agujero incómodo, lleno de funcionarios y de *grises*, los duros policías del franquismo; y encima con el resto de los ciudadanos del Estado odiándote por ser un madrileño centralista. Nunca creí, en fin, que Madrid diera nada a sus hijos, ni que hubiera una raíz, una mirada propia. Hoy, sin embargo, tantos años después, he descubierto algo: que esa falta de pasión por el terruño, ese eclecticismo del lugar sin lugar, nos ha hecho más abiertos, más receptivos y más tolerantes (no a todos, claro; siempre hay algún idiota capaz de sentirse patriota hasta del atolón Bikini), y que ésa es la marca de Madrid, nuestra cultura. Mientras rugen en Europa los fanatismos nacionalistas y el mundo empapa sus banderas en un baño de sangre, yo me siento orgullosa, por primera vez, de esa manera de ser madrileña (o de no serlo).

(10-10-92)

Vencer a la Invencible

Cualquier persona en su santo juicio hubiera sabido que bautizar una flota de guerra con el nombre de la Invencible era concitar irremediablemente los peores augurios; pero, claro, cuando Felipe II envió su poderosa Armada contra Inglaterra, España estaba atravesando ese momento ciego y arrogante que atraviesan todos los pueblos imperiales. Ahora he visto, en Irlanda, el escenario de aquel desastre: una costa hermosa y desolada, barrida por los vientos, en donde se estrellaron nuestros barcos. Aquí, en el noroeste irlandés, se recuerda mejor la tragedia de la Armada que en la propia España, lo cual no es de extrañar, porque todas las naciones procuran olvidarse lo más pronto posible de sus derrotas: veintiocho navíos hundidos, cinco mil españoles ahogados o pasados por las armas en la costa.

Leo en un libro de T. P. Kilfeather la fascinante historia del capitán de uno de los barcos, Francisco de Cuéllar. Después de siete semanas en el mar, habiéndose quedado ya sin agua y sin comida, desmantelados por las terribles tormentas, los barcos de la Armada se reagruparon para regresar hacia España. Para mantener la formación cerrada, el duque de Medina Sidonia ordenó que se ejecutara a todo capitán que se adelantara con su barco al buque insignia. El barco de Cuéllar rompió la formación a causa de un error, y el hombre fue llevado al buque insignia y condenado a muerte. Ya habían colgado a otro capitán, pocas horas antes, por el mismo motivo; pero Cuéllar debió de defenderse con elocuencia, porque en vez de acabar con él inmediatamente le mandaron al barco de Aranda, el auditor de la Armada, para que éste le ejecutara. Y también con él debió de ser Cuéllar muy persuasivo, porque el auditor decidió que sólo le colgaría si llegaba la orden por escrito. Como nadie se molestó en pedir la orden, el capitán salvó la vida de momento.

Pocos días después, a primeros de septiembre de 1588, nuevas tormentas dispersaron la flota y un buen número de barcos, entre ellos el de Aranda, se estrellaron contra las rocas. Cuéllar, que como casi todos los marinos de su época no sabía nadar (asombrosa osadía la de esta gente), llegó a tierra agarrado a unos maderos, herido y exhausto. El tiempo era muy frío, y la brumosa y desolada playa estaba sembrada con los cadáveres de cerca de mil españoles ahogados en el desastre. Bandas de irlandeses recorrían la orilla robando a los muertos y a los vivos; detrás venían los ingleses y degollaban a los supervivientes: unos trescientos náufragos fueron pasados por las armas sólo en esa playa. Cuéllar vio llegar a dos tipos con hachas y se juzgó muerto; pero, por el contrario, los hombres le ocultaron con malezas y con ramas.

Un día y una noche permaneció Cuéllar debajo de las ramas, a ratos desmayado, mientras alrededor suyo proseguía el saqueo y la matanza. Al fin salió de su escondite y se adentró en el bosque; sucesivos grupos de labriegos le golpearon y quitaron hasta el último harapo de su ropa, dejándole en cueros. No era el único: los españoles que se salvaron del mar y del cuchillo inglés tuvieron que deambular durante semanas, apaleados, saqueados y desnudos, por los helados bosques. Pero también hubo jefes irlandeses que les acogieron y que luego pagaron esta ayuda con sus vidas. Cuéllar, por ejemplo, consiguió llegar al amistoso castillo de MacClancey, y ahí le dieron de comer y le vistieron. A las pocas semanas, los ingleses enviaron mil setecientos hombres armados contra MacClancey; el jefe irlandés, que carecía de fuerzas suficientes, se retiró a las montañas. Cuéllar habló con los otros ocho españoles que MacClancey había recogido: se sentían incapaces de volver a vagar por los montes, desnudos y maltratados como perros, y prefirieron morir como soldados. Así es que se quedaron en el castillo y juraron defenderlo hasta el final. La fortaleza estaba situada en medio de un pantano y era muy sólida; cuando llegaron los ingleses no pudieron asaltarla directamente y tuvieron que conformarse con sitiarla. Dos semanas después, unas terribles tormentas de nieve obligaron a los asaltantes a retirarse: nuestro capitán había vuelto a salvar el pellejo de milagro.

Pasaron seis meses. Cuando los supervivientes de la Invencible (varios centenares de españoles, nuestro Cuéllar entre ellos) fueron al fin repatriados desde Escocia a bordo de cuatro navíos, los holandeses, que se habían enterado de la misión, atacaron a los pobres desgraciados. Hundieron dos barcos y capturaron los otros dos, matando a todo el mundo. Cuéllar volvió a salvarse agarrado a una tabla, nuevamente desnudo; y así, sin nada más encima que su propia vida, entró en Dunkerque. Cuéllar cuenta todas estas peripecias en una carta fascinante que escribió a un amigo en 1589, desde Amberes. No sé qué fue de él después de aquello; ni siquiera sé qué edad tenía por entonces. Le imagino joven y, por qué no, atractivo. Le imagino luchando por su vida una y otra vez con tanta ferocidad y tanto empeño. Le correspondía haber muerto mil veces, pero siempre consiguió sobrevivir. Hay existencias fulgurantes y extrañas, como ésta, que parecen tocadas por la gracia de la eternidad y capaces de vencer la negrura final. Pero claro está que ese Cuéllar tan vital y tenaz (sí, incluso él) lleva siglos disuelto en el polvo y la nada. Porque la muerte, al contrario que nuestra pobre Armada, sí es invencible.

(8-11-92)

Nutrir y matar

Conozco a bastantes cazadores que aman apasionadamente a los animales. Adoran a sus perros, tienen a menudo pájaros y gatos en su casa, les encantan los documentales de la naturaleza y se embelesan con las criaturas a las que luego abaten. «No hay nada tan hermoso como un ciervo adulto saliendo de la espesura al amanecer, el pecho robusto, el cuello erguido, las orejas ágiles y tensas, una nube de vapor escapando del tembloroso hocico», dice, por ejemplo, en un rapto de lirismo cinegético, el cazador especializado en cazar ciervos.

Pero después toda esa tensión interior que produce la contemplación de la belleza se resuelve en ellos de un modo violento: disparan y destrozan, matan lo que aprecian. Nadie volverá a ver jamás el espectáculo de *ese* ciervo adulto saliendo entre las ramas, su cuello ya no estará erguido, ni sus orejas tensas, ni saldrá más vapor del delicado hocico. Quizá sea eso lo que en el fondo buscan: una especie de brutal y definitiva posesión del objeto admirado. Al matar se adueñan de la víctima. A fin de cuentas, eso era lo que también pensaban los pueblos llamados primitivos, que al cazar creían conquistar el espíritu del animal cazado y apropiarse de algunos de sus dones: la ligereza del puma, la fuerza del oso, la resistencia del bisonte.

También los toreros son a menudo gentes amantes de los animales: si les llega el dinero, muchos ponen fincas y viven rodeados de caballos y perros, de vacas y terneros a los que adoran, pero a los que, sin embargo, no tienen empacho en pinchar y lidiar, de vez en cuando, en los tentaderos privados, por no mencionar ya el antiguo y violento rito de las corridas. Vista desde fuera, no deja de desconcertar esa inquietante mezcla de amor y de sangre.

Me pregunto si esa pulsión de matar lo que se admira es un rasgo fundamentalmente masculino. No quiero decir que *sólo* los hombres sean así, ni tampoco que *todos* se comporten de ese modo: hay mujeres cazadoras y toreras, y muchísimos varones que abominan de una y otra actividad. Pero se diría que es una actitud que nace, sobre todo, de un impulso ancestral masculino. Hace algunos años vi una escena ejemplar en el puerto de una pequeña ciudad costera. Estábamos sentados en la terraza de un bar, junto al agua. Entre las mesas jugueteaban un niño y una niña muy pequeños, apenas si tendrían un par de años, todavía eran muy torpes de movimientos. De pronto se posó una gaviota en el suelo, junto a ellos, y se los quedó mirando. La niña, embelesada, agarró en seguida una patata frita y se acercó al ave con la intención de darle amorosamente de comer. El niño, igualmente embelesado con la aparición de ese bicho tan grande y tan bonito, agarró en seguida una piedra y se acercó al pájaro con la intención de machacarle la cabeza.

La actitud de los dos fue inmediata, instintiva: el varón matar, la mujer nutrir. Y ambos comportamientos responden demasiado bien al patrón tradicional de la función por sexos, a ese mundo original de las cavernas en el que el papel de ellos era cazar y guerrear y el de ellas criar. Me pregunto si ese recuerdo remoto de los inicios estará marcado aún a fuego en nuestros genes; si es eso lo que impulsa a las niñas pequeñas a ofrecer patatas a las gaviotas y a los niños a intentar atizarles un cantazo. Claro que también existe una imagen tradicional de la mujer como exterminadora de animales: es la granjera o la cocinera que desnuca conejos, degüella corderos y retuerce el pescuezo de las gallinas sin que le tiemble el pulso. Pero ella está dentro de su papel, porque mata para nutrir.

Sin embargo, esas respuestas instintivas de los niños del puerto son en realidad un anacronismo, una antigualla. Ya no son necesarias para la supervivencia de la especie; son, me parece, un obsoleto residuo del pasado. Debe de ser por eso por lo que hoy hay tantos hombres en el mundo que reniegan del instinto de la caza, por ejemplo, o tantas mujeres que no dedican su vida a la crianza. Estamos cambiando; de hecho, los humanos cambiamos todo el tiempo, y hemos mudado muchas cosas a lo largo de los milenios. Lo cultural, o sea, los conocimientos adquiridos, ha ido influyendo y alterando nuestros instintos. De modo que el impulso de la caza, que a mí me parece brutal y primitivo, no tiene por qué durar para siempre. Incluso es muy posible que esté en franco retroceso.

Con todo, sigo sin entender esa desazonante mezcla de amor y de muerte que se produce en la mente del cazador. Sigo sin comprender cómo su embeleso ante la bella y suave cabeza de un venado sólo le hace anhelar el meterle una bala entre los ojos: en qué impenetrable lugar de su alma cinegética se producirá esa escalofriante conexión. Si aceptamos que se trata de una actitud sobre todo masculina, quizá podamos encontrar en ella unos ingredientes más profundos: el temor y la envidia, también ancestrales, a la capacidad de procreación de la mujer. Y es que no hay nada tan cercano al hecho de dar la vida como el acto de quitarla.

(31-1-93)

Mentiras y máscaras

Acabo de pasar unos días en Venecia hablando de los infinitos matices del mentir y de la necesidad del fingimiento: o sea, hablando de literatura en un congreso de ésos llenos de ponencias y de vino, tan propios de la condición de escribidores.

Y así, se citó ese deseo, tan humano, de ser otros: o de que ese rincón interior que denominamos «uno mismo» sea un lugar muy transitado. Es decir, en el fondo de nuestras cabezas habitan hordas. Uno es lo que fue, y lo que sueña ser, y lo que teme ser. Desde muy niños jugamos a ser otros: vaquero, india exploradora, hada madrina, policía. De mayores fingimos que lo somos. Por eso gustan las películas, por eso se necesitan las novelas: porque uno se mete, pasajeramente, en el pellejo de algún prójimo.

Explicó en el congreso la escritora catalana Nuria Amat cómo ella gustaba de incluir en sus novelas algún detalle fingidamente autobiográfico para que el lector creyera que estaba leyendo no un fingimiento (la novela), sino una transparencia de la vida real de la escritora, con lo cual el pobre lector se tragaba lo fingido doblemente. Ese juego vertiginoso de mentiras dentro de mentiras que parecen verdades me recordó un espectáculo que vi en Tokio hace diez o doce años. Los géneros teatrales tradicionales de Japón, el *kabuki* o el *nö*, litúrgicos y simbólicos, fueron siempre interpretados por hombres en todos sus papeles, fueran éstos masculinos o femeninos; pero en Tokio existía, y supongo que aún existe, un teatro dedicado a la opereta hecha sólo por mujeres: la *takarazuka*, creo que se llama.

En aquel teatro vi una obra de enredo, con amores y desamores y final feliz. La actriz que hacía el papel del samuray enamorado era una mujer alta y fuerte, perfectamente creíble en su personificación de ardiente galán. En un momento determinado de la acción, y para acceder a los aposentos de la princesita, el samuray se disfrazaba de doncella: de modo que era una mujer que fingía ser hombre que fingía ser mujer. La actriz lo hacía muy bien y el resultado era un juego de espejos mareantes: en algunos momentos no sabías en qué fingimiento quedarte ni por dónde pasaba la línea de lo que llamamos lo real.

El congreso de literatura se llamaba Maschere (Máscara): un nombre muy apropiado. Mientras estuvimos allí, la ciudad se estaba preparando, precisamente, para el cercano carnaval. Para ese célebre carnaval de Venecia que, sin embargo, y al decir de los venecianos, no es más que un invento comercial. Por lo visto, el carnaval tradicional fue perdiendo su fuerza y su sentido hasta acabar muriendo. Pero hará unos quince o veinte años los empresarios turísticos decidieron reinventarlo para levantar el negocio en los bajos meses invernales. Hoy, me dicen, el carnaval de Venecia es una fiesta de extranjeros en la que los venecianos apenas participan. O sea, que son el fingimiento de un fingimiento.

Resulta curioso constatar hasta qué punto los carnavales han perdido arraigo popular en el llamado mundo occidental. Fueron fiestas muy vivas e importantes en casi toda Europa: en Alemania, en Italia, en España. Pero luego han ido desapareciendo, salvo contadas excepciones. Los carnavales madrileños, por ejemplo, que antaño fueron célebres, hoy languidecen pese al apoyo de los ayuntamientos democráticos.

Se ve que los países desarrollados ya no necesitamos ponernos la careta durante algunos días del mes de febrero. Cabría preguntarse por qué. Debe de ser, en parte, creo, porque las sociedades son menos reprimidas: un mundo estrictamente ordenado y puritano necesita sin duda el escape de unos días de tumultuosa tolerancia. Por eso, en los carnavales antiguos, muchos hombres se vestían de mujeres, y muchas mujeres, de hombres; se transgredían las normas, y al amparo del antifaz se manoseaban con ardor muchas parejas. Hoy, en cambio, ya no necesitamos que sea carnaval para meterle mano al prójimo o a la prójima o para manifestar tu tendencia sexual. Ésta sería, digamos, la explicación más positiva. Pero algo me dice que la razón principal es otra: y es que ahora tal vez llevemos puesta la careta durante todo el año.

Hay algo informe, impreciso, indefinido, en la imagen que hoy tenemos de nosotros mismos. Se me ocurre que el sentido de la identidad, en la vida moderna, es más fugaz, más móvil, más traidor. El ciudadano de ahora es como Zelig, aquel personaje de la estupenda película de Woody Allen que era camaleónico y se adaptaba a lo que los demás querían de él: cuando estaba ante unos judíos muy creyentes, se convertía en un rabino; y cuando se encontraba con unos machistas muy ligones, se transmutaba en una rubia tonta y explosiva a lo Marilyn Monroe. Fingimos ser de determinado modo para nuestros jefes, fingimos ser otros para nuestros amantes, fingimos un tercer, un cuarto, un quinto personaje para el vecino. Con tanto trajín de máscaras perpetuas, para qué queremos disfrazarnos más unos días al año. Aunque a lo peor me he liado y este artículo no tiene sentido: no sé cuál de todos mis *yo* estaba escribiendo esto.

(14-2-93)

Los otros mundos

No hay paisaje en la Tierra más variado que el del interior de las personas. Como dice la conocida frase, hay otros mundos pero están en éste: galaxias infinitas de sueños, de sentimientos y de miedos que giran lentamente en la oscuridad de nuestros cráneos. Yo imagino la ecuación de lo que soy como un chisporroteo, un fuego fatuo de emociones y deseos, un relámpago eléctrico que enciende y recorre mi cerebro. Ese latido ardiente es lo que los creyentes llaman alma.

Y a cada cual se le agitan las neuronas de manera distinta. Eso es lo que intento atisbar cuando hago entrevistas para este periódico: la combinación privada de cada uno, de qué manera, con qué truco, por medio de qué excusa se enfrenta a la vida el entrevistado. Porque todos tenemos algún truco; todos echamos mano de alguna fórmula secreta para poder sobrellevar la enormidad de la existencia. Es una especie de bastón en el que apoyarnos ante la precariedad de nuestras vidas. Un paraguas para protegernos de la lluvia del tiempo, que jamás escampa.

Y así, hay gente que se sostiene con el afán de poder, o con la ambición de saber, o con la religión, o con las pasiones amorosas. Con el servicio a los demás o la acumulación atragantada del dinero. Incluso hay quien no tiene otro secreto que el amor desmedido por sí mismo; y aunque este recurso parezca un tanto pobre, les diré que sé de más de un narciso y una narcisa que están encantados de vivir por el mero placer de haberse conocido. Casi todos, en fin, usamos unas gotitas de aquel truco y un chorrito de ese otro. Somos cócteles únicos, algunos con demasiado alcohol, otros muy sosos.

Muchos se protegen, me parece, con un entramado de rutinas, sobre todo aquellos que están solos. Convierten sus vidas en un mapa de pequeños deberes y costumbres, como si así, a fuerza de hacer, se pudiera ir zurciendo la materia de los días y ocultando el agujero que hay debajo. Los veo a veces a estos solitarios, tan doblemente solitarios en la ciudad, tan conmovedores. Esa mujer madura, por ejemplo, que todos los días acude a un parque de Madrid a la misma hora, así llueva o truene, así caigan centellas o un sol tan caliente y pesado como el lacre; y se sienta en un banco, y durante dos horas, justamente dos horas, hace punto de media, siempre sola. O el viejo que ha plantado una huerta en un minúsculo triángulo de tierra que quedó olvidado en la intersección de dos autopistas: también está ahí todas las mañanas, muy puntual, escarbando sus lechugas y sus cebollas (dos ejemplares de cada: no creo que el rincón dé para más), mientras el tráfico brama y se arremolina a su alrededor. Madrid hirviendo en torno suyo y él soñando ahí, probablemente, con los campos silenciosos de su infancia.

Me atraen de manera especial aquellos a quienes la gente llama generalmente «locos de barrio», que son individuos que han dado un paso más allá en su truco defensivo frente a la nada. Ellos han cruzado la raya y han hecho de su rutina identidad. Pienso, por ejemplo, en un vagabundo maravilloso que reside en la acera de la calle donde nací: es el Señor de los Perros. Lleva muchos años viviendo allí y ya es mayor; va vestido de pingos, como manda el oficio, y está siempre acompañado de un puñado de perros callejeros a los que él alimenta, acaricia, atiende y gobierna, y que se tumban, muy felices y orondos, en los trapos y mantas que el vagabundo extiende amorosamente para ellos sobre el suelo. Los animales no llevan cuerda ni collar: si permanecen juntos es porque se gustan.

O la mujer de los chistes, famosa en todo Madrid porque lleva treinta años vendiendo chistes a veinte duros (antes costaban cinco duros: todo sube) en la puerta de los cines de estreno. Tiene muy buen aspecto: viste bien y su único toque quizá un poco excéntrico es ese gorro que suele llevar calado hasta las cejas, a medias bohemio y a medias de montañero atrapado por una ventisca. Sus chistes, escritos a mano con buena letra en un pedazo de papel, no son chistes, sino frases raras, como escapadas de un sueño. Le compré uno hace un par de semanas: hablaba de la belleza del invierno.

O la dama de Dublín, que aparece todos los días en la avenida O'Connell, que es la calle principal de la capital irlandesa. Debe de tener casi setenta años y es hermosísima: de joven tuvo que ser una belleza célebre. Es toda una señora: viste muy elegante y con ropa cara, modelos distintos, conjuntos perfectos. El pelo, blanco, se recoge en un moño; el rostro está sabiamente maquillado. Lleva en la pechera un montón de escapularios, medallas, crucecitas de plata, vírgenes lacadas. Sonríe mucho. A decir verdad, eso es lo que hace todo el tiempo: sonríe y baila, baila durante horas en el cruce principal de la avenida, unos pasitos para la derecha y otros para la izquierda, como la muñeca de una caja de música, mientras canta la alegría de estar con Jesucristo. Me pregunto cómo se verá la existencia desde el interior de esas cabezas: dónde estará el horizonte, dónde el cielo. Qué chispas y qué truenos retumbarán ahí dentro.

(28-2-93)

En el fin del milenio

Cuando la Renfe se cree lo que dicen sus anuncios

Estás en Gijón y hace mucho frío. Previo pago de casi tres mil pesetas has sacado un billete para el electrotrén Gijón-Madrid, que sale a las 13.10 horas, para llegar a las nueve de la noche. Es un tren superlujo, superrápido, supercómodo. Es una virguería de tren, es un primor. Pero la cosa empieza mal: cuando llegas a la estación, te dicen que has de coger un autobús. A ti te sorprende la noticia, pero obedeces, te subes a un autocar sin calefacción y te vas hasta Oviedo castañeando los dientes y observando con cierta inquietud cómo la carretera va cubriéndose de nieve poco a poco.

Estación de Oviedo. Las 13.45 horas. El trayecto en el frío coche te ha dejado un poco quebrantado y como adolorido de meniscos. Nieva, y los pasajeros esperan pacientemente al tren en el andén, a la intemperie. Al fin suenan los altavoces: «El electrotrén con destino a Madrid efectúa su salida aproximadamente a las 14.10 horas», dice una voz con plácido e impersonal tono, «los tres últimos vagones no tienen calefacción», continúa la voz con la misma placidez. Un murmullo de pasmo se eleva del andén: los viajeros se miran los unos a los otros con ojos vidriosos, desolados. No obstante, siguen todos esperando con docilidad ejemplar, permitiéndose tan sólo algún morigerado pateo de calentamiento. Y el electrotrén no llega. La estación es barrida por los vientos, de modo que, cuando los vagones hacen al fin su entrada, a eso de las tres de la tarde, la masa viajera se encuentra una pizca amoratada. A ti, ¡oh cielos!, te ha tocado uno de los coches sin calefacción: te acurrucas en el compartimento helado y, como las otras doscientas cincuenta personas en tu misma situación, te dedicas a tiritar con admirable mansedumbre. El tren arranca. El campo está completamente nevado y la máquina avanza a velocidades microscópicas. Los viajeros se soplan la punta de los dedos con un aliento que es todo vapor e intentan limpiarse, con pudorosa discreción, los arroyos nasales de moquillo. Fuera, tras los cristales, se extiende Siberia. De repente el tren se para en mitad de un túnel. Los vagones, además de no tener calefacción, carecen de luz. El silencio es tan espeso como la oscuridad. Un minuto, tres, seis. Es como estar encerrado en una nevera. No se oye ni una respiración, tan sólo la tos eventual de unos jubilados que van hacia Alicante, vía Madrid, por el aquel de librarse de los fríos. Empiezas a pensar que no saldrás jamás del túnel: recuerdas los dos accidentes catastróficos que Renfe tuvo en el año 1980, los setenta y cuatro muertos de balance. Diez minutos. Al fin, el tren arranca. Son las 16.30 horas, y al poco os detenéis en la pequeña estación de Pola de Lena. Las cinco de la tarde, y seguís ahí parados. Las 17.15 horas. Ya no sientes nada del tobillo para abajo. Llega el revisor y explica que van a dejar los tres vagones sin calefacción aquí, porque se les agarrotan los frenos y es una lata. Que no os preocupéis, que en diez minutos vendrá otro electrotrén a recogeros. De modo que os quedáis los doscientos cincuenta pasajeros abandonados en la tundra. La estación es tan pequeña que el único cobijo que ofrece, la cantina, no tiene cabida para más de diez personas. La cantinera, una anciana venerable, se afana en atenderos con sus tres minúsculas tacitas de café y unos cuantos vasos desparejados —evidentes restos de su ajuar— que componen su única dotación de utensilios. La cantinera y el jefe de estación —también longevo— están espeluznados y sobrepasados por las dimensiones del desastre. Como no hay otro lugar en donde guarecerse, volvéis a los vagones congelados. Las seis de la tarde. Comienza a anochecer. Las siete de la tarde. Noche cerrada. En la oscuridad de los vagones brilla de cuando en cuando un mechero que alguien prende para ver la hora o para verificar que sus dedos no están del todo amoratados y que no será necesaria la amputación de urgencia. El moquillo cae ya a todo fluir sin que nadie se moleste en restañarlo. El jubilado con tos se va convirtiendo rápidamente en un jubilado con bronquitis. Las ocho de la tarde. Se oye llegar un tren. Todo el mundo se asoma, esperanzado: no es el electrotrén prometido, sino un tren pequeño que también viene sin luz, un tren tranvía procedente de León y con destino a Gijón, como informa el altavoz. Alguien —una voz que sale de las sombras— os dice que os bajéis. Os apiñáis en el andén con nieve hasta el tobillo, balbucientes, moqueantes, comatosos. Escudriñados a través de las oscuras ventanillas descubrís que el recién llegado tren está lleno de gente. De nuevo el altavoz: «Señores pasajeros del tren tranvía con destino a Gijón, hagan el favor de descender de los vagones». Una breve pausa. Y luego: «Señores pasajeros del electrotrén, hagan el favor de subir al tren tranvía». Entonces, como por efecto de un conjuro, los ocupantes del pequeño tren se asoman todos a una por las apagadas ventanillas: «¡Y una miiiiiierda, me voy a bajar yo!», berrean a decenas con voz ronca de frío. El jefe de estación repite con gesto cercano a lo apopléjico: «Yo sólo cumplo órdenes, a mí me han dicho que les baje, que les van a mandar unos autobuses». Pero los viajeros hacen morisquetas y cortes de manga y no se mueven. El altavoz, entonces, ordena que subáis a los dos últimos coches del tren tranvía, que van vacíos. La comitiva de parias obedece y os metéis en los apagados y helados vagones con la certidumbre de que acabaréis en Auswichtz. Nueva espera. El jubilado con la tos bronquial se va convirtiendo sin prisas, pero sin pausas, en un jubilado con pulmonía. De pronto, a las 20.30 horas, la máquina arranca. Pero sólo se mueven vuestros dos vagones: atrás queda, desenganchado, el resto del tren tranvía. Y mientras salís lentamente de la estación, escucháis cómo se eleva en la noche el clamor prodigioso, los alaridos, el furibundo bramar de los que son abandonados.

Y poco más: que tardáis dos horas en alcanzar León, que casi os quedáis en el puerto de Pajares, que pasáis un miedo pavoroso. Que en León por fin os cambian a un tren en condiciones y llegáis a Madrid a las 7.15 horas. Y que, al ir a protestar al jefe de estación, éste contesta desabrido: «Mucho quejarse, pero han llegado, todas las carreteras y los aeropuertos cerrados y han llegado». Y tú piensas que es mejor no llegar, que es inmoral que den salida a un tren ya roto. Que es peligrosísimo que la Renfe se crea las mentiras de sus propios anuncios.

(1-2-81)

La calle del Jazmín

Antes fue Vicálvaro, y el polígono Actur de Zaragoza. Ahora es la madrileña calle del Jazmín. Barriadas enteras en pie de guerra contra los gitanos. Una lucha fatal que a veces pasa por la quema de chabolas, piras reales o simbólicas en las que abrasar al pueblo oscuro. Los vecinos de la calle del Jazmín llevan desde febrero sin calefacción ni agua caliente, sin iluminación en las aceras, sin recogida de basuras. Ahora se han unido para impedir la entrada de gitanos en el barrio: no quieren concederles ni el precario privilegio de vivir en los mismos pisos de protección oficial en que ellos viven, o sea, en esa calamidad urbana e infrahabitable.

Junto a mi casa hay un asentamiento de gitanos. Chabolas tambaleantes, uralitas y cartones de color polvo, de color barro o de color nieve, dependiendo de las condiciones climatológicas. El otro día me crucé con un par de adolescentes del poblado. Eran unos zangolotinos de carnes escuetas, con ropa a la moda y un ritmo travoltiano en las caderas. Tan coquetos y graciosos como cualquier quinceañero del país, como estudiantes de BUP de piel bronceada. Tan iguales y sin embargo tan distintos. Porque se acercaron a mí y me enseñaron una hojita impresa: «Oye, ¿nos puedes decir qué pone aquí, por favor? Es que no sabemos leer». Era la letra de una canción cualquiera, un *te quiero*, *me quieres*, *duduá*, una necedad de grupo moderno y superventas. «¿Ves? Te dije que era una poesía», comentó uno de los chavales. Y se marcharon cimbreantes y contentos, desesperadamente analfabetos, condenados.

En un país en crisis como el nuestro en el que hasta los ingenieros están en paro, estos muchachos ciegos a las letras no tienen más futuro que el atraco. Atrincherados en su hoyo sin luz, sin calefacción ni agua, los vecinos de la calle del Jazmín se niegan a concederles un lugar en el mundo. En esto los vecinos son sin duda racistas e inhumanos, pero también son víctimas. No es de ellos la culpa de este largo olvido, del exilio colosal de los gitanos.

(6-10-84)

La calle

«La calle es mía» dijo Fraga, años ha, en un célebre arrebato que consigió incrustarse en el tejido de la historia. Y, al escucharle, las izquierdas se indignaron y reclamaron su derecho a pisar acera y a doblar esquina. La cosa fue un escándalo.

Por entonces el personal pensaba que las manifestaciones eran una justa forma de expresión de las sociedades avanzadas. ¿Qué mejor ejercicio democrático que el de ocupar el asfalto con pie sensato y voz pacífica? La madurez política pasaba por esa gimnasia solidaria, por la democracia del bordillo.

Pues bien, no sé en qué punto se rompió la continuidad de este criteio. No sé quién quebró el espinazo colectivo. Pero lo cierto es que, últimamente, las izquierdas oficiales parecen considerar que el manifestarse está mal visto. Han vaciado las calles, y las derechas están conquistando ese territorio urbano abandonado. La calle es hoy de Fraga más que nunca.

O sea, que los ciudadanos damos miedo. Tomemos un ejemplo: la manifestación madrileña de apoyo a Nicaragua. El PSOE no firmó la convocatoria «para no llevar las tensiones a la calle», y la Federación Socialista Madrileña se apeó en marcha a raíz del atentado al general Rosón. Una pena: aquel día yo hubiera deseado manifestarme *también* contra el terrorismo. Pero la FSM no sólo no fomenta esto, sino que además asume medrosas tácticas de Ogino y se lanza a una espasmódica desmovilización de última hora. Y ya se sabe que el *interruptus* es un método frustrante y poco fino.

De seguir así, y «para no llevar las tensiones a la calle», pronto llegará el momento en que nos manifestemos desde la soledad de nuestras casas. El asunto se podría organizar a través de las principales tarjetas de crédito, por ejemplo, con una módica cuota y un listado final: «Hoy se han manifestado en Madrid, en apoyo a Nicaragua, 16.321 American Express, 21.075 Visa, 4.980 Diners, 9.175 Master Charge y 2.212 tarjetas sin fondos que han sido rechazadas». Bastaría con una llamada de teléfono. Fácil, limpio, controlado. Pero yo prefiero seguir creyendo que la calle es también mía, que ése es precisamente mi derecho. Y ejercerlo.

(24-11-84)

Hijos

Miren ustedes, hoy tengo un talante articulista quejumbroso. Lo primero es que ya estoy harta de las columnas de tema político, de los comentarios sobre el estado de la cosa, que es de un aburrimiento inenarrable. Y, sin embargo, estos tipos del PSOE son tan tentadores en sus dichos que una cae repetidamente en el absurdo de seguir hablando de ellos, como boba.

Lo segundo es que desde que el PSOE está en el Gobierno, incluso esta labor articulista es más ingrata. Porque imagínense ustedes qué refrescantes pitorreos y qué risas si hubieran sido los otros, o sea, los de la clásica derecha, los protagonistas de las últimas tontunas. Si en vez de Guerra hubiera sido alguien de AP quien ha vaticinado futuras crisis de llanto a los obreros por dudar de la sublime perfección de su partido, una se hubiera puesto a hablar de mesianismos disparatados y de que esta gente actúa como si el Espíritu Santo hubiera ungido con lenguas llameantes sus cabezas, fuegos fatuos que han debido de torrefactarles los cerebros. Y lo mismo digo de la reciente contestación de Felipe González a Radio Nacional, cuando le preguntaron sobre los ochocientos mil parados y él explicó que sí, que se habían equivocado al valorar la crisis, pero que él ya había dicho en 1982 que si se equivocaban lo reconocería, y que ahí estaba él, reconociéndolo. Calculen ustedes si semejante afirmación la hubiera hecho Fraga, por ejemplo: qué cachondeo, qué alborozo en recordarle que esas cosas no hay más remedio que reconocerlas, que no es un mérito, que la única alternativa es mentir como un bellaco y reescribir la historia, como en la enciclopedia estalinista, que había borrado la existencia de Trotsky de sus páginas. Hubiera sido, en fin, muy divertido. Pero resulta que no son las derechas, sino el PSOE.

Dicen que Roosevelt, informado por sus asesores de que Somoza era un hijo de puta, contestó esa célebre frase de «sí, pero es *nuestro* hijo de puta». Pues bien, que me perdonen la brutalidad de las palabras, pero el PSOE es para muchos *nuestro* hijo de puta. Por eso, ante tamaños barbarismos, las cuchufletas se me congelan y las risas se me secan en un rictus.

(23-11-85)

Turba

Ya está. Ya se han disparado los fantasmas del sida, ya han salido a pasear los linchadores y los inquisidores espontáneos se hacen fuertes. Se está formando vertiginosamente una nueva sociedad de *ku-klux-klanes.* Qué cosa tan temible es la histeria colectiva: ahí están, personas en apariencia sensatas y normales que de pronto son derribadas por un viento de sinrazón y reducidas a la ínfima categoría de energúmenos. Da igual que los especialistas repitan hasta la saciedad que el sida sólo contagia por la sangre o por el sexo y que el estar junto a un afectado no te pudre; ellos, tus compañeros de Humanidad, tus colegas, tus vecinos, ignorarán obstinadamente todo tipo de información y se rendirán sin condición alguna al fanatismo. Por eso son capaces de esposar a un preso a su cama del hospital durante diez larguísimos días, tras haber sufrido una grave intervención quirúrgica, por miedo a que contagie el sida a los policías que lo guardan. Por eso han llegado a extremos tan indignos como el de la clínica de Pamplona, en donde se negaron a operar a una joven por el hecho de tener anticuerpos del sida. Por eso se ha desatado la caza de brujas y andan estigmatizando hasta a los niños. Nuestra sociedad se degrada rápidamente hacia la horda.

Debe de ser por sus características sexuales por lo que el sida remueve tanto fango en las conciencias. Esta trágica unión de Eros y Tánatos parece hacer aflorar la parte más irracional de lo que somos, pavores abisales, el corazón oscuro de las gentes. Ya corren anécdotas, narradas por hombres blancos, sobre malignas prostitutas negras que se dedican a contagiar el sida. Lo cual parece una nueva forma de emblematizar terrores añejos: el miedo del varón a la *mujer vampira* que lo chupa y lo acaba, el miedo del blanco a la venganza del negro y del distinto. A mí lo que me asusta es la respuesta social, o antisocial, que estamos dando al sida. Tanta brutalidad no deja a nadie indemne. Me siento como si estuviera en medio de una turba que acude a ahorcar a un inocente.

(14-3-87)

Marginado

Le vi entrar en las oficinas de unos grandes almacenes. Pálido, nervioso, vestido tan pulcramente como un pobre, con los zapatos bien embetunados y el pantalón planchado con raya y con primor. Tenía unos cuarenta años y una angustia muy grande; se acercó al mostrador y empezó a quejarse quedamente. Que por qué le habían rechazado. Que un par de años atrás él había pedido la tarjeta de compra de los grandes almacenes en cuestión y que se la habían denegado sin siquiera explicarle los motivos. La chica que le atendía sugirió que podría tratarse de un error, que probara a solicitarla nuevamente. Pero la desesperación del hombre iba en aumento: no, no se atrevía a intentarlo otra vez porque su malherido orgullo no podría soportar un nuevo oprobio. ¿Sabía la señorita lo que suponía el ser repudiado por los grandes almacenes? ¿El carecer de una tarjeta que todo el mundo poseía, desde los compañeros de oficina a la portera? Los amigos empezaron a mirarle de otro modo, sospechando de él aberraciones innombrables. Y lo que es peor: él mismo comenzó a considerarse menos. Se devanaba la cabeza intentando adivinar qué estaba haciendo mal, cuál era su culpa, que, a juzgar por el castigo, debía de ser muy grande. Porque no hay indignidad mayor que vivir en una sociedad de consumo y no ser considerado apto ni siquiera como cliente. Movido por el pánico de la marginación, había comenzado a gastar cuantiosas sumas en los grandes almacenes con el único fin de ser aceptado por dicho imperio comercial. Cambió los muebles de cocina tres veces en un año, adquirió siete vídeos y diez televisores, y todos los días hacía unas compras fabulosas en el supermercado. Pronto agotó todos sus ahorros; se apropió de un dinero indebido en su oficina, fue descubierto y despedido. Ahora vivía pobremente y acudía periódicamente a presentar sus quejas. Aquel día, cuando acabó de exponer su triste caso, le vi reunirse con su mujer, una pobre santa que le esperaba fuera comprando toneladas de retales con el último dinero del subsidio de paro.

(28-3-87)

Milagro

Y sucedió el milagro. Verán ustedes, horas antes el Papa había roto el protocolo y agraciado a Pinochet alargando su visita palaciega. Además Su Santidad salió tres veces al balcón en compañía del general, mientras Augusto se despendolaba a las espaldas vaticanas alzando los brazos como quien abraza al Papa, como quien le posee, le exhibe y le acapara. Justo lo que la Iglesia chilena quería evitar, o eso parece. Pero la ecuménica comprensión de Juan Pablo II debió de compadecerse ante la soledad del dictador; ante esos ojos inyectados en llanto que dicen que mostraba. O quizá fuera en sangre, y el Papa confundiese el origen de tan congestionada conjuntiva. En fin, en cualquier caso el Papa estuvo en verdad amable. Mucho más amable que en Nicaragua, pongo por caso. Entre augustez y augustez, Su Santidad acarició un momento la cara derretida de Carmen Gloria, la estudiante a la que la policía pinochetista quemó viva.

Fue después cuando llegó el milagro. Ahí, en el estadio, ante los casi cien mil fieles que escuchaban. El Papa había preguntado varias cosas; como, por ejemplo, si renunciaban al dinero fácil. Lo cual, por cierto, resulta una cuestión curiosa para ser planteada a los chilenos, que andan tan acosados por la hambruna que no sólo renuncian ahora al dinero fácil, sino que en lo que respecta al difícil ya están sumamente renunciados desde hace tiempo. En fin, que las gentes asentían a todo y la cosa marchaba sobre ruedas. Pero hete aquí que Juan Pablo II preguntó entonces si renunciaban al sexo y al placer. Y un apasionado *no* llenó el espacio. No me digan que esta negativa, que brotó espontáneamente de los labios de los fervientes fieles, no es un prodigio, un milagro de la pura realidad. De esa misma realidad que, horas después, se empeñó en manifestarse violentamente a través de la batalla campal del parque O'Higgins. O sea, que la estancia del Papa en Chile ha sido de lo más instructiva. Si yo fuera creyente, pensaría que la Providencia ha querido revelar a través de ese ingenuo *no* lo que es la vida.

(11-4-87)

Calambre

Lo he visto en *El Globo*. He visto al capitoste de un sindicato parisiense de taxistas electrocutándose alegremente en un taxi de la ciudad. Porque a los conductores de esas tierras se les ha ocurrido la fulgurante idea de dotar sus coches con un artilugio achicharrante. Para defenderse de los posibles agresores. Esto es, entra el facineroso en cuestión en el vehículo y el taxista pulsa una pirindola y atiza una descarga de cincuenta y dos mil voltios al viajero. Como la cosa sonaba un poco bestia, *monsieur* Benarous, que es el capitoste sindical, se ofreció a dejarse *ejecutar* ante la prensa. Así es que al hombre le han retratado en pleno espasmo, pegando un alarido y bien sofrito. A lo que se ve sobrevivió. Es un consuelo.

Auguro al invento un porvenir espléndido. Concuerda a la perfección con el clima de la época. Con el *Rambo* descerebrado y virulento que nos está creciendo en las entrañas. Propongo que nos dejemos de pamemas y que apliquemos el mismo principio a otros supuestos. *Verbigratia:* bancos y tiendas podrían disponer de un foso de hambrientos cocodrilos junto a los mostradores, accionable por medio de una palanca oculta. Los empleados de las gasolineras tendrían una manguera con vitriolo, y en las carteras de los paseantes cabría introducir un alacrán. Éstas son sólo unas cuantas ideas apresuradas y susceptibles sin lugar a dudas de mejora. *Sing-Sing* somos todos.

Sólo me asalta una duda, una sospecha. Puesto que estamos cada vez más paranoicos, ¿no podría suceder que los miedos dispararan las trampas sin motivo? Se me hielan los pulsos de sólo imaginar el cataclismo; tantos viajeros inocentes galvanizados por los taxis eléctricos, tantos clientes honorables devorados con toda impunidad por los caimanes. El comercio decaería, las finanzas languidecerían y la crisis general sería tremenda. Quizá no sea tan buena idea, después de todo.

Eso sí, de este asunto se puede extraer una reflexión indiscutible, un pensamiento muy concreto: qué duro es ser sindicalista en nuestros tiempos.

(14-11-87)

Europa

Hace unos días, los ministros de Trabajo de la CE firmaron un bonito y sentido texto en contra del racismo, excluyendo del mismo, eso sí, a los inmigrantes del exterior. Lo cual viene a ser como proclamar la abolición de la pena capital excepto para aquellos a quienes se condene a muerte, pongo por caso. Se me humedecieron los ojitos (ojos de mujer blanca, europea y posindustrial) al percatarme de que, gracias a la sensibilidad de nuestros ministros, ya no volveremos a mirar con inquina racista a los lechosos europeos. Inmenso avance del humanitarismo. Los otros, los oscurillos, los tornasolados, los tostados como pan recién hecho o dorados como campos de trigo; los asiáticos, norteafricanos o negros retintos, todos éstos, en fin, que se jeringuen por la gloria de Europa. Y que se les meta en un autobús, como a los marroquíes expulsados de Barcelona, y se les envíe como reses de primera clase hacia el infierno. Ahora tenemos pobres blancos y propios, los de Europa del Este, y no queremos saber más de otras miserias.

Políticos y jerarcas de diverso pelaje, muy emocionados todos ellos con la causa europea, parecen empeñados en convertir la CE en una especie de fortaleza señorial con la puerta clausurada para la plebe. Y así, mientras se llenan la boca con rimbombantes declaraciones de principios, estos constructores de una Europa imperial levantan defensas, cavan fosos y colocan las catapultas en las torres. Se diría que pretenden que la CE sea una especie de arca de Noé (llena de bestias) en mitad de un diluvio de humanos desdichados y hambrientos. Y por encima de la borda, o de las almenas del castillo, les arrojaremos ora unos cuantos envíos comerciales de DDT, tabaco y otros venenos, ora unos cuantos pucheros de aceite hirviendo para que no se acerquen demasiado. El sueño de Europa se está convirtiendo a toda velocidad en pesadilla.

(2-6-90)

El «topo»

Ahora resulta que en España estamos comiditos de espías. Con eso del derrumbe del telón de acero, en el resto del mundo el espionaje se está convirtiendo en un oficio tan anticuado como el de carpintero de patíbulos. Pero nosotros, que hemos cultivado desde siempre una extraña afición a vivir la historia a contrapelo y a destiempo, mantenemos a nuestros espías la mar de saludables y ocupados. ¡Pero si incluso tenemos un *topo* en el Ministerio de Asuntos Exteriores! Habla Ordóñez con los polisarios y, zas, al día siguiente el rey Hassan conoce hasta la talla de calzoncillos que usaban los saharauis en el encuentro. Es un *topo* laborioso y formidable.

Esto, el chivateo de los secretos diplomáticos, es el baldón final que nos faltaba en las muy oprobiosas relaciones que ha mantenido este país con el Sáhara. España, conviene recordarlo, traicionó rimbombantes promesas y vendió el Sáhara a Marruecos por un cochino plato de lentejas:

por un espejismo de derechos pesqueros, por un silencio cómplice frente a Ceuta y Melilla. Como repiten una y otra vez los polisarios, que son gente lúcida y serena, España apostó erróneamente por Marruecos. Porque un Sáhara libre, moderno y castellanohablante nos sería mucho más favorable.

De todos los Estados imperialistas, a los saharauis les tuvo que tocar uno tan cutre como el nuestro: ya es mala suerte. Mientras estuvimos allí les descuidamos (cuando nos fuimos, en 1975, sólo había un médico saharaui: los colonizados *no llegaban* a la Universidad), luego les traicionamos y ahora intentamos aparentar que esa traición nunca existió. Pero lo cierto es que no sólo no les hemos ayudado en nada, sino que, además, somos el principal proveedor de armas a Marruecos. De esas armas con las que Hassan les mata. Vista esta trayectoria lamentable, el chivatazo del *topo* no es sino un accidente más de una historia canalla.

(23-6-90)

Papeles

Abro el cajetín del correo, que en estas fechas prenavideñas está hinchado como un sapo ventrudo, y salen disparadas cinco lujosísimas revistas y una cartita mísera. Las revistas son en realidad elegantes catálogos publicitarios: de grandes almacenes, de tarjetas de crédito, de una cadena de supermercados... Las cinco tienen tanto color, son tan satinadas y relucientes, que el ojo lagrimea al contemplarlas. Las cubiertas, plastificadas, son más gruesas, espejeantes y resbaladizas que la costra de hielo de una pista de patinaje. Todas juntas, las cinco revistas vienen a pesar lo que un lechón bien alimentado y grasosillo. Quiero decir que es un peso que entumece los brazos. Medio bosque hecho trizas y convertido en propaganda.

La cartita, en cambio, son tres hojas grisáceas y minúsculas. La envía Simón Reyes, capellán jesuita de la isla-leprosería de Culión, en Filipinas. Estamos en una situación desesperada, explica el hombre con un lenguaje sobrio y riguroso. Allí, en la isla-infierno de Culión, carecen de electricidad, no tienen ni anestesia, la mortalidad infantil alcanza el ochenta por ciento... Hay catorce mil leprosos, y muchos de ellos mueren simplemente de hambre, en el más absoluto y aterrador olvido. Sólo los misioneros jesuitas, establecidos heroicamente allí desde 1906, se han preocupado de ellos.

Cuenta el capellán que curar un leproso (porque se curan) cuesta dieciocho mil pesetas; y alimentar a un niño de la isla durante todo un mes, sólo dos mil. Y pide el jesuita que no tires la carta, porque el coste de imprenta y envío de este papelucho ínfimo representa la comida de un día de un leproso. Contemplo las pesadas revistas centelleantes, atiborradas de anuncios de vídeos y de despertadores electrónicos que susurran el *Vals de las olas*. Las hojeo breve y aburridamente y luego las tiro: llenan por sí solas el cubo de basura hasta los bordes. Feliz Navidad. Qué asco de vida.

(15-12-90)

Basuras

Ya va siendo hora de que afrontemos la verdad: lo que más nos gusta a los españoles no es el fútbol, ni las tapas, el ir de ligue, la siesta, trasnochar o no dar ni clavo, por mencionar tan sólo algunos de los tópicos raciales. No, señor. Lo que más nos gusta, nuestra pasión más honda, son las basuras.

Véase, si no, con qué amor, con qué diligencia y entusiasmo nos rodeamos inmediatamente de detritos. Allí adonde va un español florecen los plásticos, brotan las mondas de naranja o patata, centellean los vidrios rotos cual auténticas joyas, proliferan los papelajos y los trapos y, en suma, engorda la mierda que da gusto.

Hay señoras y señores tan profesionalizados en la gorrinería que, no contentos con las mugres habituales, se trabajan los desechos mayores: una tonelada de escombros de la obra/chapuza que están haciendo en casa, una lavadora vieja, una nevera rota, la carcasa de un coche.

Siempre me ha fascinado la manera en que estos residuos tan enormes brotan en campos y cunetas; cómo aparecen, al amanecer, en lugares en los que el día antes no estaban. Y me imagino a los causantes de la cosa yendo de puntillas, en mitad de la noche, con la taza desportillada de un retrete cargada a las espaldas, por ejemplo. Digan lo que digan, ser un guarro de esta categoría exige mucho sacrificio y mucho esfuerzo.

Al parecer, España está a la cabeza de los llamados países desarrollados en cuanto a la incidencia de quistes hidatídicos. Para ser exactos, tenemos en esto el nivel de Marruecos, país que cultiva el quiste en abundancia. Para ello, para que abunde, para que sea endémico, hay que mantener el ciclo de basuras: se tiran las porquerías por las calles, hociquean en ellas los animales domésticos, enferman éstos y contagian luego a los humanos. En los países del llamado primer mundo, que disponen civilizadamente de sus residuos, estos quistes han sido casi por completo erradicados. Pero en España aún somos los reyes de la piedra en el hígado.

Verán, acabo de estar en Candeleda, un pueblo serrano que antaño fue muy bello, y a la entrada misma de la localidad, al borde de la carretera y de las casas, hay un apestoso basurero. He ido a Conil, y su maravillosa playa tiene un cinturón de vidrios rotos, latas oxidadas y plásticos mugrientos. Estuve en Valdemorillo, y al lado de una urbanización de semilujo, taponando la entrada a un bonito bosque, hay una extensa plantación de electrodomésticos roñosos y cochambres diversas. Pero no hace falta seguir dando nombres de lugares: no hay en España monte sin detritos o barranco sin mierda.

Sostiene un amigo mío que lo que sucede es que no la vemos. La basura, digo. Que así como los daltónicos no perciben determinados colores del espectro, así los españoles, por una suerte de extraña ceguera selectiva, no vemos la guarrería que nos circunda. Puede ser: quizá milenios de acondicionamiento cultural nos han acostumbrado a vivir como puercos. Quiero decir que he visto cómo hombres y mujeres educados, ciudadanos conscientes que se quejaban de la suciedad del entorno, abandonaban la playa tan ricamente después de haber dejado sobre las dunas una espesa alfombra de colillas. Ni se daban cuenta de lo que hacían.

Pero en todo ello hay algo más. Hay un profundo desprecio al otro, una brutalidad individualista. Los veo en sus chalecitos adosados de clase media emergente, cortando y recortando el seto de los minúsculos jardines, barriendo el porche hasta dejarlo sin mácula... y arrojando después toda la basura acumulada por encima de la valla, sobre la calle. Vivimos como las hordas medievales: sólo nuestro espacio es importante. El resto, el ancho mundo, es un lugar ajeno y enemigo. Y, así, no parece que nos quepa en la cabeza el respeto al vecino, ni la conciencia de que pertenecemos a una colectividad. Fuera de nosotros mismos, nada existe.

He de confesar que me dan mucho miedo. Me aterran estos honrados ciudadanos que son capaces de llenar el bosque vecino a su urbanización con neveras roñosas; o que no permiten jugar a sus niños en el salón para que no lo manchen, pero que luego tiran los tambores vacíos de detergente a la cuneta que hay frente a su casa. No parece importarles vivir entre la mierda, con tal de que esa mierda no esté en el estricto trocito del planeta del que son propietarios. Tanta insolidaridad asusta.

Quiero decir que es más que una mala costumbre: es una manera de plantearse el mundo. Y, así, son sin duda estos guarros quienes están incendiando España entera, para especular o por descuido. Son también ellos los que, para irse de vacaciones, son capaces de abandonar al perro o al abuelo. Y ellos son los corruptos, los intolerantes, los violentos; de esa estirpe nacen los que envenenan el aceite para ganar dos duros, o los constructores que roban el cemento y que luego matan a decenas de personas en un derrumbe. Los amantes de basuras, ay, son feroces.

(1-9-91)

La luz de la memoria

Acabo de ver en un periódico la primera fotografía de la memoria: un cerebro iluminado de fuegos fatuos. Allí, en esas pequeñas estrellas que estallan en el ventrículo lateral o en el hipotálamo, está produciéndose en ese mismo instante algún recuerdo. Una frase leída, el sabor de un beso antiguo, una tarde de lluvia, los rasgos de un muerto. Son gotas de tiempo congelado, imágenes encendidas por el crepitar de las neuronas.

No hay amigo más íntimo que nuestra propia memoria. Nadie nos ha conocido jamás de forma tan completa, y ni siquiera nuestras madres nos han prestado tanta atención como ella. Día tras día, mes tras mes, año tras año, la servicial memoria registra y archiva hasta el más menudo e idiota de nuestros actos, como si todo lo nuestro le fuera querido e importante. Tremenda pasión la que guarda nuestra memoria por nosotros. Enternece encontrar tanto interés por uno.

Es, además, un interés unidireccional, absorto. Esto es, tu memoria suele olvidar, a toda velocidad y sin conflictos, la fecha del cumpleaños de tu mujer, de tu padre, de tu marido, o bien ese problema horrible que te contó ayer tu más íntimo amigo, por cuyo desenlace hoy ni siquiera te has acordado de preguntar. Y en cambio, tu bendita memoria guarda entre neones neuronales el recuerdo del premio a la puntualidad que te dieron hace un mes en la oficina, lo rico que estaba el bocadillo de atún que te tomaste ayer y la carrera en la media que te hiciste, mecachis, esta mañana. Tan amorosa que es la memoria con todo lo tuyo.

Es, sin duda, buena chica, y, ya digo, una amiga estupenda; pero, eso sí, es un tanto casquivana y caprichosa, está llena de mañas. A veces se atranca, y te deja un vacío en el cerebro, en el lugar en que debería estar un apellido, una cifra, una fecha, un dato, una cara. Entonces te irritas, gruñes, la maldices: esta horrible memoria, dices; mira que no acordarme del nombre de ese tío, si fue mi vecino-mi profesor-mi tendero (y en casos ya francamente graves, incluso mi marido) durante cinco años... Te esfuerzas y te esfuerzas, amontonas la frente, achinas los ojos, te sobas los parietales, escudriñas el cielo en busca de respuesta, y nada, el recuerdo no llega. No hay que desesperarse: este tipo de calamidades son muy frecuentes, y le suceden a todo el mundo. Son las bromas tontas que se gasta de cuando en cuando la memoria.

Otras veces, en cambio, aparece cuando nadie la llama. Está usted, digamos, en su luna de miel del tercer matrimonio, y en el momento más meloso y más bello, justo cuando están contemplando, manita sobre manita, un atardecer apoteósico, ¡zas!, se cuela la evocación de otros atardeceres y otras manos, de las mieles añejas, de ensoñaciones rotas y parejas pretéritas. Y entonces recuerdas, con absoluta certidumbre y todo lujo de detalles, que hubo un día en que el cielo se puso más rojo; el crepúsculo, más monumental; el Sol, más violento. Hay que reconocer que en esos casos la memoria se porta de un modo deleznable.

Pero para mí que la memoria es, sobre todo, una criatura secreta y enigmática. Esto es: no la entiendo. No sé por qué hace lo que hace; por qué te llena en ocasiones la cabeza de imágenes monstruosas, imprecisas, huidizas; por qué registra unas cosas y borra otras. Me desespera su espíritu de independencia, lo poco que responde a mi voluntad.

Y así, hay sucesos sin duda importantes en la vida de uno que la maldita memoria ha olvidado por completo. Un viaje, el día de la boda, una etapa laboral en una empresa, la época de la Universidad. En ocasiones quedan las ruinas de la remembranza: un recuerdo borroso, sucio, como mal sintonizado, lleno de desgarrones e incoherencias; y otras veces la saña amnésica de la memoria es tal que llegan a desaparecer años enteros, fulminados bajo una niebla gris y apelmazada. Resulta descorazonador, porque olvidar el pasado es como no haber vivido.

Pero lo más extraño es lo que se recuerda. Cuelgan de la memoria imágenes intensas, escenas arbitrarias que no sabes por qué han quedado grabadas, cromos del pasado, menudencias. Y así, te recuerdas quizá en un concierto de rock en tu adolescencia, caminando entre la gente hacia algún sitio: el olor, la oscuridad, el ruido, incluso la ropa que llevabas, como si se tratara de una foto que alguien ha chinchetado a tus meninges. O bien del primer viaje que hiciste a Nueva York, hace veinte años, sólo te acuerdas de una esquina: una tienda de fotos, la gente caminando, la acera gris, las mejillas heladas por el viento de invierno. Imágenes fijas, instantes de evocación pura. El por qué la memoria escoge esos momentos absurdos y en apariencia insustanciales es algo que no alcanzo a comprender. Aunque puede que justo en esos instantes (al cruzar el local del concierto, al doblar la esquina de la calle) hayas sentido, quién sabe, una brevísima premonición de futuro, un chispazo de eternidad. Y por eso ahora se enciende tu memoria como una flor de luz, tal y como se ve en la fascinante foto del periódico. Magia pura.

(8-12-91)

Indios

El otro día estuve viendo por televisión *Pequeño gran hombre*, la película de Arthur Penn sobre el sanguinario general Custer y su muerte en Little Big Horn, una batalla que, excepcionalmente, perdieron los norteamericanos frente a los indios. O quizá sería mas adecuado decir: que perdieron los inmigrantes europeos frente a los únicos norteamericanos auténticos, esto es, los indios. Recordaba haber disfrutado hace veinte años con el filme de Penn, y ahora volvió a gustarme y a conmoverme. Sobre todo al revivir una vez más esa historia oscura que olvidamos tan fácilmente: el exterminio de los indios, las bárbaras matanzas de mujeres y niños, la manera en que se les engañó una y otra vez, el abuso y la humillación de los supervivientes.

Terrible destino el de los pueblos tecnológicamente menos desarrollados cuando se topan con la codicia de un invasor más poderoso. Desde que el mundo es mundo, las culturas técnicamente superiores han devorado a las más débiles. Los sucesivos imperios han ido tiñendo de sangre la tierra de un modo tan violento que debería poder seguirse el paso de la historia por la diversa coloración rojiza de los estratos geológicos: aquella capa corresponde al imperio romano, hasta aquí llegó el persa... Ahora, con lo del V Centenario, se ha puesto de moda hablar de la intrínseca maldad de los españoles al empalar a los incas, observación que a mí me parece un poco mostrenca. Porque, lamentablemente, esa ferocidad no es exclusiva del antiguo imperio español, sino que es uno de los rasgos más constantes y desazonadores del ser humano. Los mismos incas fueron una nación guerrera e imperialista que exterminaron y esclavizaron a los pueblos más débiles. Es el horror, en fin: un horror que se renueva cada día y que aún perdura.

En algunos casos, estos brutales encontronazos entre una nación poderosa y otra débil se han resuelto con el genocidio de la segunda. Es lo que ha sucedido en Estados Unidos, y lo que hicieron los británicos con los aborígenes de Australia. En otras ocasiones, sin embargo, se esclavizó y oprimió al pueblo vencido, pero no se le exterminó: así hicieron los españoles en Latinoamérica y los británicos en Oriente. No actuaron de este modo por bondad, evidentemente, sino porque la muerte de los indios no les servía de nada. Españoles y británicos querían explotar América y Asia, no colonizarlas, y necesitaban a los indígenas para que trabajaran en las costas, y en los campos, y en las minas.

Estados Unidos y Australia, en cambio, fueron países colonizados; los inmigrantes llegaban a miles ansiosos de plantar su propia granja, y era necesario matar a los antiguos habitantes para que los nuevos pudieran ser dueños de la tierra. Canadá ofrece hoy el ejemplo más patético de este doble proceso: en el sur del país, donde se extienden las grandes llanuras cubiertas de cereales, zona agrícola por excelencia, las tribus autóctonas han sido prácticamente exterminadas. Los indios del norte de Canadá, en cambio, han sobrevivido: habitaban en los oscuros y helados bosques, allí donde los granjeros no podían entrar, y fueron contratados (y explotados) como tramperos por la Hudson Bay y otras compañías peleteras. Vivieron porque eran útiles.

Veo ahora *Pequeño Gran Hombre* y me esfuerzo en rememorar todas aquellas culturas perdidas, asesinadas y sojuzgadas sobre las que se asienta, triunfante por el momento, nuestra sociedad occidental. Les he visto. He visto fotos del último aborigen de Tasmania: una mujer anciana de rostro tristísimo en un retrato borroso de principios de siglo. Y he visto fotos de Toro Sentado, y de Jerónimo, grandes jefes indios: oscuros de piel, ceñudos, muy dignos. Con toda la desgracia de sus pueblos gravitando sobre sus espaldas, y sabiendo, seguramente, que se encaminaban hacia la nada.

Eran naciones orgullosas, poseedoras de ricos y complejos conocimientos, de tradiciones remotas. Pero sus bisnietos, los escasos supervivientes que hoy quedan de aquella antigua gloria, no son nadie. Tan despojados están que ni siquiera se recuerdan a sí mismos. Son los desheredados de nuestra sociedad: viven en los márgenes. Cholitos embrutecidos de los Andes, indios alcoholizados de Arizona, aborígenes con *delirium tremens* en Australia.

Cuando ves las reservas indias en Estados Unidos, la mugre y los desperdicios, las carcasas oxidadas de los coches, las lavadoras destripadas, las basuras que rodean las casas; cuando ves a los indios peruanos, de una pobreza extrema y animal, desde luego analfabetos y todos medio enfermos; cuando estás junto a *ellos*, en fin, sientes la incomodidad de la miseria, e inconscientemente tiendes a creer que el aspecto que ahora ofrecen es su auténtico aspecto, que son un pueblo *primitivo* y siempre han sido así. Y entonces hay que esforzarse y recordar que no. Que hubo un tiempo en el que fueron dignos, y orgullosos, y dueños de sí mismos. Y que es tu estirpe, tu sociedad tecnificada e industrial, quien les está matando. Todos somos hijos del general Custer.

(3-5-92)

Gaia

Hay unos peces de la familia de los cíclidos, pequeñajos y bastante comunes en los acuarios, que siempre me han llamado la atención por sus curiosas costumbres de apareamiento. Cuando está madura para ello, la hembra desova en el agua, e inmediatamente se mete los huevos en la boca con el maternal afán de protegerlos, pero también con la suprema estupidez de guardárselos sin haberlos fertilizado antes, de modo que los huevos en cuestión podrían quedarse para siempre ahí, dentro de su boca, sin transmutarse jamás en pececitos.

Pero hete aquí que entonces, afortunadamente para estos cíclidos, entra en funcionamiento un viejo truco de magia de la naturaleza. Los machos de esta especie llevan dibujada, a lo largo de la aleta anal, una fila de círculos pequeños y amarillos que reproducen con exactitud las huevas que la hembra acaba de soltar. Cuando la protectora y tonta madre cíclida contempla esos dibujos, cree haberse dejado algunos huevecillos fuera de la boca, y se dedica a mordisquear afanosamente la aleta del macho para recogerlos y ponerlos junto con los demás a buen recaudo. El resto es previsible: el mordisqueo provoca la eyaculación del pez, y parte del esperma va a parar a la boca de la hembra, en donde fertiliza los huevos ahí recogidos.

Los sistemas de emparejamiento de los seres vivos son a menudo muy complejos: no resulta nada fácil perpetuarse como especie contra la dureza del medio, las hambrunas, los depredadores, las enfermedades y los rigores del azar. Para muchas criaturas, reproducirse es un verdadero arte o un logro heroico: remontan torrenciales ríos durante cientos de kilómetros, como los salmones; o construyen verdaderos palacios, como algunos pájaros; o saben que han de morir en el intento, como ciertos insectos. No me sorprende, pues, la complejidad del rito de fertilidad de los cíclidos, lo que me cautiva es el truco, el embeleco.

Quiero decir que, si estos peces son tan necios como para no saber fertilizar los huevos, y como para guardárselos en la boca cuando aún están hueros, ¿de dónde sale esa refinadísima inteligencia genética que les pinta un señuelo en su propio cuerpo? Esto es: sus células les engañan y son más listas que ellos.

Los creyentes dirán que es cosa de Dios y de su infinita providencia. Pero una no es lo que se dice creyente: Dios se parece demasiado a nuestra necesidad de Él, a nuestra debilidad y a nuestro miedo como para que me quepa en la cabeza o para que confíe en su existencia. Por su parte, los científicos dirán que es cosa de la evolución; que un día aparecieron por puro azar unos cíclidos machos con manchas en la cola que semejaban huevas, y que estos peces se reprodujeron mucho mejor que los no manchados, de modo que sus genes acabaron triunfando. Y esta explicación evolutiva, que nos hace a todos hijos de la casualidad, sí que me cabe en la cabeza, y resulta sensata, y me la creo. Pero, aun así, produce una sensación de retrato incompleto, como si estuviéramos intentando iluminar un vastísimo hangar con una vela y dejáramos fuera del círculo de luz, en las tinieblas, la mayor parte de ese espacio inmenso. La íntima armonía del universo, el ingenio con que todo se ensambla y se compensa, ¿se explica únicamente por el azar?

Veo resurgir por el mundo en los últimos tiempos el impulso animista, a menudo estrechamente relacionado con el interés y la preocupación por el medio ambiente. Hay hombres de ciencia como el ecologista británico James Lovelock que han desarrollado fascinantes teorías al respecto. El polémico Lovelock, que es considerado demasiado heterodoxo por los científicos más convencionales, sostiene que la Tierra es un todo armónico, una conjunción activa entre los elementos vivos y los inertes, una suerte de superorganismo capaz de autorregularse. Por ejemplo, las algas del océano Pacífico se han duplicado en la última docena de años sin que se sepa el porqué. Ahora bien, las algas absorben anhídrico carbónico, con lo cual limpian la atmósfera de la contaminación industrial, y producen gases sulfúricos que fomentan la creación de nubes y aminoran el proceso de calentamiento del planeta. De modo que, según Lovelock, la abundancia de algas es un mecanismo de defensa de la Tierra, a la que él llama Gaia. Pero este organismo del que todos formaríamos parte no es omnipotente: si seguimos envenenando y maltratando el medio ambiente, Gaia puede perder el equilibrio para siempre.

A veces los cristianos aluden a la antigüedad de su doctrina como prueba de la veracidad de sus creencias. Pero para antigüedad, universalidad y pervivencia, nada puede compararse al animismo, que estuvo en el principio de los tiempos y sobrevivió soterradamente junto a las demás religiones a través de los milenios: es un impulso primordial y arquetípico. No estoy refiriéndome a magias absurdas de piedras parlanchinas, sino al respeto al entorno y al reconocimeinto de uno mismo en un todo. Yo no sé, en fin, si Gaia existe, pero al menos es una idea de dimensiones humanas, consoladora, armónica.

(31-5-92)

Padres

Me escribe un padre separado una carta que rezuma sensatez. Tiene hijos de diez años y no quiere perderlos; no quiere convertirse, como él dice, en un padre de cinco a ocho. Quiere verlos crecer, estar con ellos; y le espanta que un tema tan fundamental dependa del albur del juez que te toque.

No todas las esposas son santas y mártires: sin duda hay divorcios en los que la peor parte la lleva el varón, y mujeres que les sacan las mantecas a los ex maridos y les chantajean con los niños. Pero ni siquiera habla de eso el autor de la carta: no menciona a su ex cónyuge. Él sólo pide que la custodia de los hijos sea compartida, en su caso y siempre que se pueda; y sostiene que la práctica española de otorgar la custodia a uno de los padres, privando casi por completo al otro de sus derechos, no es útil ni buena.

Reflexiona la socióloga francesa Evelyne Sullerot, en su libro *Qué padres, qué hijos*, sobre el rincón marginal y a menudo ridículo en donde la sociedad moderna va metiendo a los padres. Hoy la mujer posee todas las llaves de la maternidad: tiene y mantiene a sus hijos sola, y, como dice Sullerot, puede negarle la paternidad a un hombre que la desea y hacer padre a un hombre que no quiere serlo. Quizá fuera ese último poder femenino, el control total de la función reproductora, lo que los varones temieron desde siempre en nosotras y por lo que se crearon, hace una nebulosa de milenios, las estructuras del machismo. Hoy nada nos obliga a ceder nuestro recién adquirido monopolio sobre los niños, salvo la responsabilidad y la cordura. Mujeres y hombres somos mundos diversos, nos enriquecemos con nuestra diferencia, ofrecemos, como padres y madres, perspectivas necesarias y distintas. Siempre que se pueda (no siempre es posible), custodia compartida e hijos comunes.

(24-10-92)

500 Tn

A media ladera del monte Everest, en el lugar utilizado como campamento base por los escaladores, hay acumuladas quinientas toneladas de basura. Hace años vi un amanecer en el Himalaya: fue en Nepal, a cuatro mil metros de altura. Frente a mí se extendía, tan alta que apenas si había cielo, la formidable cadena montañosa: una muralla de hielos y de sombras azules. Salía el sol y hacía arder las crestas escarchadas; se sentía el silencioso peso de la Tierra. Era el lugar más imponente y ajeno al ser humano que jamás había visto, y también creí que era el más limpio.

Pero no: aquel Everest que centelleaba olímpicamente frente a mí, tan remoto y tan puro en apariencia, estaba lleno de roña. Se necesita una considerable concentración de porquería para alcanzar las quinientas toneladas. Y eso que se trata del Everest, que es uno de los lugares más inaccesibles del mundo; que sólo han tenido cuarenta años para engorrinarlo, porque Hillary puso allí el primer pie (y los primeros detritos, me supongo) en 1953, y que los culpables, esto es, los montañeros, son sin duda alguna gente más concienciada ecológicamente que el vulgo mortal. Si allí las cosas están así, imagínense la podredumbre de las zonas mucho más accesibles, de los campos y las costas, de los mares asfixiados por las mareas negras y los ríos hediondos, incluso del espacio exterior, en donde dicen que orbitan, ciegos y locos, una infinidad de pirindolos y basurillas astronáuticas, residuos de la carrera del espacio.

Estamos exterminando la flora y la fauna (el tráfico ilegal de especies protegidas es el tercero del mundo después de las drogas y las armas) y convirtiendo el planeta en un vertedero. O detenemos el crecimiento de la especie humana y tomamos medidas de emergencia o nos convertiremos en simple mugre cósmica.

(5-12-92)

Nada

Tres millones de parados no son nada. Apenas unas cuantas manchas negras impresas sobre la blancura del papel: la panza de los ceros, las patitas desparejas de las cifras. Pura tinta.

Tres millones de parados no son nada. Desglosemos: entre ellos habrá, a no dudar, jóvenes en busca de un primer trabajo, con toda la vida por delante; parados transitorios, bien preparados y pertenecientes a sectores laborales dinámicos, que pasarán de un empleo a otro en breve tiempo; e incluso habrá (porque los hay) un montón de listillos y mangantes que cobran el desempleo y trabajan de extranjis. Ahora sume usted todos estos supuestos, y réstelos sin duelo de la cifra total: aunque cargue las cantidades, aún quedan muchos.

Quedan muchos cumpliendo los cuarenta, los cincuenta. Secretarias maduras y eficientes que sin embargo no podrán competir contra unas muchachitas con más idiomas y con la presencia juvenil que injusta (e ilegalmente) exigen de ellas. Oficinistas calvos y cumplidores cuyos currículos se verán siempre relegados frente a los de los chicos ambiciosos con un máster en Estados Unidos, que además pueden ser entrenados más fácilmente en el espíritu de la empresa. Obreros veteranos que ya no saben manejar las nuevas máquinas tan bien como lo hacen los jóvenes. Gentes, en fin, que llevan veinte o treinta años trabajando y que ahora, a los cuarenta, a los cuarenta y cinco, se ven arrojados fuera del mundo: previsiblemente para siempre. ¿De qué vivirán, cómo lograrán seguir respetándose a sí mismos a medida que el paro les devore? Los millones de desempleados no son cifras sin alma, no son tinta: son personas. Yo les conozco, les he visto. Sé cómo salen del despacho del jefe tras ser informados de su despido: con cara de pavor y ojos vacíos. No son nadie, no son nada esos tres millones de parados.

(22-5-93)

Dolor de corazón

Encuestas indecentes

El libro se titula *Parejas americanas* y acaba de aparecer en Nueva York. Será un éxito: ofrece el resultado de doce mil encuestas sobre sexo y es una de esas obras que, como los informes *Hite*, todo el mundo ojea con el doloroso afán de comprobar si la secreta normalidad de cada uno es tan anormal como uno teme.

El trabajo ofrece sofisticados cuadros estadísticos, barras de distintas tramas y longitudes, un mareo de porcentajes y de datos. Una trama rayada señala a aquellos que hacen el amor al menos tres veces por semana. Después viene una trama tan negra como un mal agurio para describir a los que lo hacen de una a tres veces cada siete días. Estrías verticales como los barrotes de una cárcel para representar a aquellos que se aman de una vez al mes a una a la semana. Y la barra acaba en un desolado espacio en blanco, la blancura total de lo vacío, que define a los que sólo lo hacen una vez al mes o menos. Rayas y colores para apresar los fantasmas de doce mil vidas. Paralelas de tinta china que dibujan los inexorables desencantos, el resbalar cotidiano hacia la abulia.

Los primeros dos años de relación son opulentos: el fragmento rayado se extiende sobre el papel, orondo y satisfecho. Pero después, a medida que la convivencia se prolonga, los cuadros cambian de manera dramática. Las parejas se aman cada vez menos y el espacio blanco final engorda como un mal bicho, deshabitado e infame.

Qué desparpajo, qué indecencia la de estas encuestas. La pasión, esa materia fugaz e imaginaria, resulta muy poca cosa vista así, convertida en una obscena barra de estadística. Bajo el rayadillo de los porcentajes se adivinan las multiples derrotas, esa epopeya sin historia que culmina el día en que uno se decide a cambiar la cama doble por dos camas gemelas, bajo la tibia excusa de lo práctico. El libro ofrece otras interesantes conclusiones, como, por ejemplo, que la vida sexual es cada vez más conservadora y puritana. Pero todo lo demás palidece ante el desaliento de tanta pasión rota, del inconmensurable aburrimiento. De la comprobación, una vez más, de la catástrofe.

(17-10-83)

Consternación

La Iglesia insiste: toda relación sexual que no se encamine al paritorio es un pecado. Consternación general: ¿quién no ha codiciado alguna vez a la mujer o al hombre propios con afán rijoso y no prolífico? A la luz de esta doctrina, hasta el católico de libido más torpe puede descubrirse a sí mismo como un sátiro. Inquietante.

De todos los documentos eclesiales, los que más me confunden son aquellos que se refieren al hondo territorio de los sexos. En otros temas, mayormente los de fe, el Vaticano despliega una finura argumental digna del mejor sofista. En estas cuestiones glandulares, en cambio, se me antoja que son más esquemáticos. Será que la fe es lo suyo, una materia aérea que reinventan los prelados cada día, mientras que el sexo es lo ajeno, una tentación prohibida que se esfuerzan en ignorar cada noche. En cualquier caso, el asunto no está claro. Por ejemplo, ¿es más perversa la cópula de dos solteros con intención de tener hijos o la de un matrimonio con condón? Otrosí, no me parece bien que la Iglesia no tenga en cuenta las diferencias fisiológicas. Es decir, que un matrimonio de fertilidad precaria tiene muchas más posibilidades de ganarse el cielo que un matrimonio prolífico. Los primeros se pueden permitir el lujo de buscar un hijo cada noche, mientras que los segundos corren el riesgo de cosechar una descendencia apoteósica. Un útero caído, una próstata inflamada, unas trompas de Falopio algo raídas pueden resultar así un vehículo idóneo hacia la santidad. Y eso es injusto.

El Vaticano, en cambio, recomienda comprensión para la masturbación y la homosexualidad. No deja de asombrarme esa diferencia de criterio, esa relativa tolerancia ante un sexo que desde luego no procrea y esa obsesión filial ante otros sexos. Quizá sea una tolerancia nacida del conocimiento, porque en la Iglesia, tan apartada del mundo y de la promiscuidad, se da más la tentación de la carne propia o de la del compañero de votos y abstinencias. En suma, al Vaticano le parece menos desordenado el onanismo, que es un placer rigurosamente solitario, y ve el sexo marital como un asunto utilitario y productivo, como un trámite. Qué exento de amor me resulta todo esto: la consternación me abate.

(3-12-83)

Los cuarenta

Cuando Einstein habló de la relatividad del tiempo y del espacio debía de estar pensando en otra cosa. Porque lo que hoy me ocupa y me preocupa es una relatividad muy común en nuestros días y cuyo factor de variación es el género sexual. Vamos, que las mujeres seguimos siendo pasto de putrefacción con el paso de los años, mientras que los hombres se convierten en señores interesantes y maduros. O eso es lo que la sociedad sostiene.

Relatividad de espacio, pues, porque en la misma porción de territorio facial —el entrecejo y los ojos, por ejemplo—, un varón se puede permitir más arrugas que un galápago, las cuales serán interpretadas o bien como un signo de sus múltiples cavilaciones, o bien como prueba de su sonriente, soleada y deportiva catadura, cual es el caso de Julio Iglesias, cuyo cutis está hecho un trapillo plisado y, sin embargo, ahí anda el hombre tan campante. Mientras que en las mujeres las arrugas son algo así como los pliegues de nuestro sudario.

Y relatividad sobre todo de tiempo, porque a los cuarenta el varón es considerado un ser en el comienzo de la plenitud y capaz de conquistar de ahí en adelante el mundo entero, mientras que las chicas nos autodestruimos como aquel que dice en tres segundos a partir de la señal. O sea, que a los cuarenta nos condenan al telón final y al acabóse.

El mes pasado apareció en la última página de El País la foto de una pareja sonriente: era una mujer de cuarenta años, decía el pie, que se había atrevido a enamorarse de un chico de dieciocho; y el texto enfatizaba que los transgresores a la norma no se sentían avergonzados por su situación, sino verdaderamente muy contentos. Pues bien, en ese mismo número de El País, y en la sección de Vida Social, venía la boda de mi admirado Peridis, de cuarenta y cinco años, con su novia, de veinticinco. O sea, que *ellos* ocupan la normalidad mientras *ellas* ocupan la última página de los periódicos. Y que quede claro que me parece de perlas que los hombres se enamoren de quien quieran: lo único que reclamo es el derecho a agrandar nuestra vida hasta su mismo techo.

(23-5-87)

Seducción

Ya que estamos así, convendría intentar sacar el mejor partido de todo ello. Me refiero al sida y a la cautela que uno/una debe observar a la hora de zambullirse en los trajines de la carne. Y es que quizá la cosa tenga su parte positiva. Porque, vamos a ver, seamos sinceros: ¿en cuántos achuchones se han embarcado ustedes sin verdaderas ganas, achuchones del género tonto y compulsivo, nada más conocerse y zas, al grano, a un batallar de cuerpos presurosos, a un zafarrancho aburridísimo? ¿Y no se arrepienten ustedes cuando menos de alguna de estas gimnasias del abdomen, dotando a la palabra arrepentirse no ya de un matiz moral, sino de la serena certidumbre de que esas horas sudorosas hubieran sido mucho mejor aprovechadas de haberse dedicado uno/una a leer, a escuchar música o incluso a espachurrarse las espinillas de la cara?

Quienes estamos ahora entre los treinta y los cuarenta años tuvimos una primera juventud empeñada en glorificar el sexo rápido. Hacer manitas era una pérdida de tiempo, y el andarse con remilgos se consideraba anticuadísimo. Ahora empezamos a comprender, en cambio, que ir corre que te corre al hala-hala es una chapuza lamentable. El sexo es un misterio gozoso que se origina en las partes sin nombre, deambula morosamente por toda la superficie de los cuerpos y estalla por fin dentro del cráneo. Quiero decir que patalear sobre una cama es cosa fácil; lo difícil es crear magia necesaria en el cerebro.

La prevención del sida, en fin, sin llegar a extremos paranoicos, puede devolvernos la finura del juego del amor. No hay nada tan excitante en el asunto de la carne como la descarnada seducción, la escaramuza previa. Se acabó esa zafiedad de meterse mano a trompicones a los dos segundos de encontrarse. Así, con unos días previos de conocimiento mutuo y coqueteo, nos ahorraremos unos cuantos amaneceres fatigosos y más de una relación impresentable. Amén de contribuir a la profilaxis general. Pero no lo digo por razones sanitarias, sino por gustirrinín y para mayor gloria de los cuerpos.

(25-7-87)

Mujeres guerreras

Me explica un amigo que las noches se han vuelto procelosas. Él está hablando de las noches madrileñas, pero me parece que lo que cuenta puede estar sucediendo en cualquier parte. Con la palabra «noches», mi amigo se refiere a ese momento incierto de la alta madrugada, cuando todas las gentes de bien, e incluso algunas de mal, se han retirado. Ese instante en el que los relojes se detienen y las calles, relucientes y vacías, parecen distintas.

No es el turbador aspecto de la ciudad nocturna lo que inquieta a mi amigo, y tampoco el consabido espasmo metafísico, esa pregunta básica del «quién-soy-de-dónde-vengo-a-dónde-voy» que suele asaltarle a uno a esas horas tontas de la madrugada, mientras contempla ensimismado el culto vacío de una copa de whisky malísimo. No. Lo que le preocupa, donde él ve el peligro, es en las mujeres. En las voraces chicas.

Mi amigo es, claro está, varón. Además es heterosexual, está felizmente emparejado y anda rondando los cuarenta. Pese a su edad, desde luego peligrosísima en un hombre español, porque indica que, en su infancia y su primera juventud, aún pudo estar sometido a la influencia del machismo más zote y primitivo, mi amigo es un hombre inteligente y suave, un tipo decente. Desde esa decencia básica, y con cierto estupor, es como él cuenta esta rara batalla, esta nueva versión del conflicto entre sexos.

«Las noches se han vuelto peligrosas», dice él, muy serio. «Es algo que comentamos los hombres entre nosotros. Cuando se acerca la hora del cierre de un local, por ejemplo, tú ves que los hombres empiezan a ponerse nerviosos; y a lo mejor se te acerca un amigo muy apurado y te dice que por favor no le dejes solo. Y es que hay una mujer por ahí que le está rondando y que está decidida a llevárselo a la cama. Son mujeres tremendas, no las detiene nada. La noche, la alta noche, está últimamente llena de mujeres como ellas, mujeres solas, que van a la caza».

Hace diez o quince años, los chicos empezaron a sufrir la tentación viril de la parálisis. Muchos hombres se sintieron amedrentados por el nuevo papel de la mujer; no querían ser tachados de machistas y, estando como estaban desconcertados y perdidos de sí mismos, decidieron que, para no equivocarse lo mejor era no hacer nada. Nació así una generación de varones totalmente pasivos, lacios entrañables, amuermadas rémoras.

Crecieron los pasivos y se multiplicaron, y algo debe de quedar en los varones de hoy de aquella tentación paralizante, y del miedo que tradicionalmente han sentido los hombres frente a una mujer que elige y decide, que escoge y organiza: no hay más que recordar que el mito clásico de la hembra amorosamente activa es la vampiresa, una mujer perversa que destruye a los hombres —les chupa la vida, la sustancia, como los vampiros chupan la sangre de sus víctimas—. Algo debe de quedar de todo esto, digo, pero además hay otros ingredientes. Porque lo que asusta a los hombres, cuenta mi amigo, es la necesidad y la extrema pasión.

«A muchos no les importaría tener una historia», explica él: «Es decir, les gustaría tenerla, si la cosa no alcanzara mayor trascendencia. Pero es que estas mujeres que te digo se te echan encima de ti, te quieren poseer absolutamente. Las ves, las reconoces en seguida. Y nos avisamos entre nosotros: cuidado, que ésa es un *marrón*...».

Recordemos la fórmula básica tradicional de las relaciones amorosas: las mujeres dan sexo para obtener cariño, y los hombres dan cariño para obtener sexo. Se diría que, en el relato de mi amigo, la segunda parte del enunciado ya no se cumple como antes. Sí, los hombres parecen seguir estando más interesados en el sexo que en el cariño, pero ya no están *tan* interesados como para *molestarse* en dar cariño, cosa que siempre es una inversión costosa y un compromiso. Eso es, los chicos se están enfriando cual lagartos.

En cuanto a las mujeres, a esas mujeres guerreras de las noches tardías, tampoco parece que hayan sabido controlar la dependencia afectiva. Posiblemente poseen una profesión, amigos, familia; pero, aun así, quizá no han superado ese tópico de la educación femenina que les hace sentirse derrotadas si no tienen pareja. La única diferencia con sus abuelas es que ellas ahora atacan, cierran los bares, peinan la noche, le plantan una mano a los hombres en la entrepierna; del mundo masculino parecen haber copiado lo peor, la avidez invasora del ligón. Sin duda, eso es mejor que consumirse de melancolía y doncellez tras un visillo; pero, la verdad, no acabo yo de ver que esa inversión de papeles, esas hembras guerreras y esos hombres ofídicos, constituyan un resplandeciente avance para la causa.

(23-6-91)

«Zapping»

El *zapping* es una perversión sexual. Quiero decir que quienes sufren este vicio feísimo, este placer solitario y manual de estar dale que dale con el mando a distancia son, en su inmensa mayoría, los televidentes masculinos, mientras que las mujeres nos desesperamos ante el vertiginoso baile de cadenas.

Cuesta creer que tan clara diferencia por sexos frente al tema se deba puramente al azar: algo habrá en el *zapping* que atraiga a unos y nos jeringue a otras. Quizá influya el ancestral afán aventurero: durante muchos siglos han sido los hombres quienes descubrían y viajaban, mientras que las mujeres nos quedábamos en casa. De igual manera, ahora las hembras podríamos estarnos quedando dentro de las paredes de un solo programa, mientras que los varones andarían explorando qué es lo que hay más allá, en las otras cadenas.

Claro que poca aventura hay en pasar siete veces seguidas por *El precio justo*, por poner un ejemplo. Así es que quizá sea otra cosa. Puede que las mujeres poseamos una mayor capacidad de elección y de concentración: que nos sea más fácil escoger un tema e interesarnos en seguirlo, mientras que a lo mejor los hombres prefieren una mirada vasta y superficial, un pasar de puntillas por las cosas. En general a los varones siempre les cuesta mucho decidirse: como los niños, no soportan tener que renunciar a nada.

Pero puede que las cosas sean más sencillas que todo eso. Puede que simplemente se trate de una pertinaz tendencia por parte de los hombres a asumir el mando, incluyendo, claro está, el mando a distancia. Se adueñan del aparato, aprietan con aviesa fruición un botón tras otro, y, hala, ya tienen a toda la familia sometida a su voluntad y a sus designios. Habrá que quitarle las pilas al maldito mando. Resistencia pasiva y sabotaje.

(7-12-91)

La gloria del sexo

He de confesar que cuando quiero recrear mentalmente la vida de personajes célebres que murieron hace tiempo o reconstruir en mi cabeza el aliento de civilizaciones remotas y sociedades hace siglos perdidas, a menudo utilizo el recurso de imaginarles haciendo el amor. Esto es: paseas por las ruinas de Pompeya, con el empedrado romano resonando debajo de tus pies, e imaginas el abrazo de una pareja de amantes pompeyanos en una sudorosa y sensual tarde de verano, con el mismo sol mediterráneo incendiando el cielo azul al otro lado de una ventana abierta, con el mismo olor a tierra caliente, con el mismo canto parsimonioso y ronco de las cigarras. O bien visitas el castillo de Harlech, en el norte de Gales: los gruesos muros del siglo XIII, las escaleras lóbregas, las estancias reververantes de ecos, e imaginas al rey Eduardo, que construyó el castillo y vivió allí, haciéndole el amor a su reina con furia invernal y encendiendo la húmeda penumbra (tan gris entonces como ahora) con el fuego brillante del dulce combate de la carne.

Pueden creerme si les digo que en este empeño de representarme mentalmente a nuestros antepasados en momentos tan íntimos no hay ninguna avidez pornográfica, ningún afán rijoso. Hay, por el contrario, el deseo de establecer un puente con sus espíritus; de conectar con sus almas, si es que tenemos de eso. Porque el acto sexual es una de las experiencias primordiales en la vida de los humanos. Un hecho tan básico y profundo que me parece que todos los hombres y mujeres lo han debido vivir de una manera más o menos pareja a lo largo de los eones de los tiempos. Por eso, al pensar en los pompeyanos sensuales y gozosos en su siesta y en el rey Eduardo ardiendo de pasión en su palacio oscuro, uno es capaz de sentirles y comprenderles, de identificarse con ellos, de compartir su humanidad por encima de la distancia de los siglos. Y es un modo, además, de recordarles vivos. Porque no hay nada tan lleno de vida como el acto sexual.

El sexo, el verdadero sexo, siempre es trascendente. Por eso irrita tanto este frenesí de sexo sucedáneo que nos rodea por todas partes, mísero y ridículo, tramposo y mugriento. Las chicas enseñando pecho y nalga en todas las televisiones, las fotos supuestamente *calientes*, las películas presuntamente *fuertes*. Todo eso no es nada, no tiene que ver con el sexo, es pura casquería del erotismo, un muestrario de despojos lamentables. Como *El cuerpo del delito*, de Madonna, una de las películas más grotescas e idiotas de la historia del cine, llena de aburridísimas escenas de un pretendido frenesí carnal que no producen más respuestas en el espectador que el bostezo o la risa. Ahí no hay ansias, ni deseo, ni tan siquera cuerpos: convencida estoy, tras este filme, de que la cantante es de puro plástico.

Sí hay sexo, sin embargo, aun sin acto sexual y sin que se vea un solo pecho, en el barroco y bello Drácula de Coppola (y antes que ahí, claro, en la hermosa historia de Bram Stoker): cuando el conde aparece por la noche en la cama de su amada y ella se deja morder y convertir en vampira sólo para estar junto a él, uno entiende esa entrega y ofrecería también el cuello a los colmillos. Pero en esa decisión no hay un instinto de destrucción, un impulso masoquista, sino, por el contrario, una celebración de la vida y del amor. Del sexo concebido como vía de trascendencia, capaz de sacarte del encierro y la condena de tu individualidad, o, lo que es lo mismo, de tu propio fin temporal, de la muerte que te va creciendo dentro. Porque, como decía Octavio Paz (o eso creo, soy muy mala citando), «quizá morir dos juntos no es morir».

Que el verdadero sexo sea siempre trascendente no quiere decir que las relaciones sexuales tengan que ser necesariamente estables, monógamas, prolongadas. Me refiero tan sólo a ese relámpago de eternidad que se vislumbra cuando se hace el amor. Es un espasmo de la carne, sí, pero sobre todo es un florecimiento del espíritu: nunca somos más bellos, más sensibles, más imaginativos, más vitales, más poderosos que en el acto de amar. Nos damos, entonces, en lo mejor que somos. Nos entregamos enteros, para celebrar ese rito único de la fusión total, la unión con el otro que deja de ser otro, cerrando así, por un mágico instante, la herida siempre abierta de la vida, el hueco irrellenable que nos hace incompletos.

Se detiene el sol en su camino por el cielo mientras dura el espejismo de la fusión, y no hay en el universo más hombres ni mujeres que esa pareja eterna que son uno y son dos. Pero también la eternidad se acaba y el sortilegio desgasta su poder. Murieron los pompeyanos en su abrigo de lava hace tantos siglos que se pierde la cuenta, murió el rey Eduardo pese al deseo ardiente de su reina. Pero a mí me gusta imaginarlos ceñidos, piel con piel, en el amor. Cobijados los unos en los otros. Sabedores de que en ese instante, en la gloria del sexo, eran intocables, bellos, infinitos.

(14-3-93)

Nosotras y ellos

He tardado muchos años de mi vida en llegar a comprender que si me gustan los hombres es precisamente porque no les entiendo. Porque son unos marcianos para mí, criaturas raras y como desconectadas por dentro, de manera que sus procesos mentales no tienen que ver con sus sentimientos; su lógica, con sus emociones, sus deseos, con su voluntad, sus palabras con sus actos. Son un enigma, un pozo lleno de ecos.

Se habrán dado cuenta de que esto mismo es lo que siempre han dicho los hombres de nosotras: que las mujeres somos seres extraños e imprevisibles. Definidas socialmente así durante siglos por la voz del varón, que era la única voz pública, las mujeres hemos acarreado el sambenito de ser incoherentes e incomprensibles, mientras que los hombres aparecían como el más luminoso colmo de la claridad y la coherencia. Pues bien, de eso nada: *ellos* son desconcertantes, calamitosos y rarísimos. O al menos lo son para nosotras, del mismo modo que nosotras somos un misterio para ellos. Y es que poseemos, hombres y mujeres, lógicas distintas, concepciones del mundo diferentes, y somos, las unas para los otros, polos opuestos que al mismo tiempo se atraen y se repelen.

No sé bien qué es ser mujer, de la misma manera que no sé qué es ser hombre. Sin duda, somos identidades en perpetua mutación, complejas y cambiantes. Es obvio que gran parte de las llamadas características femeninas o masculinas son producto de una educación determinada, es decir, de la tradición, de la cultura. Pero es de suponer que la biología también debe de influir en nuestras diferencias. El problema radica en saber por dónde pasa la raya, la frontera; qué es lo aprendido y qué lo innato. Es la vieja y no resuelta discusión entre ambiente y herencia.

Sea como fuere, lo cierto es que hoy parece existir una cierta mirada de mujer sobre el mundo, así como una cierta mirada de varón. Y así, miro a los hombres con mis ojos femeninos y me dejan pasmada. Me asombran, me divierten, en ocasiones me admiran, a menudo me irritan y me desesperan, como irrita y desespera lo que parece absurdo. A ellos, lo sé, les sucede lo mismo. Leí en una ocasión un ingenioso artículo de Julian Barnes, uno de los jóvenes (ya no tan jóvenes) escritores británicos, en el que, tras hablar de lo raritas que somos las chicas, hacía un decálogo de misterios para él irresolubles en torno al alma femenina. He olvidado los demás, pero recuerdo uno de esos enigmas: ¿por qué las mujeres al conducir, se preguntaba Barnes, mueven todo el cuerpo hacia un lado o hacia el otro cuando toman las curvas? Que es el mismo tipo de pregunta que la del entomólogo que se cuestiona: «¿Por qué ese bonito escarabajo pelotero frota sus patitas de atrás por las mañanas?». O sea, que así de remotos permanecemos los unos de las otras, como una ballena de un batracio, o como un escarabajo de un profesor de ciencias naturales.

A veces se diría que no pertenecemos a la misma especie y que carecemos de un lenguaje común.

El lenguaje, sobre todo el lenguaje, he aquí el abismo fundamental que nos separa. Porque nosotras hablamos demasiado y ellos hablan muy poco. Porque ellos jamás dicen lo que nosotras queremos oír, y lo que nosotras decimos les abruma. Porque nosotras necesitamos poner en palabras nuestros sentimientos y ellos no saben nombrar nunca lo que sienten. Porque a ellos les aterra hablar de sus emociones, y a nosotras nos espanta no poder compartir nuestras emociones verbalmente. Porque lo que ellos dicen no es lo que nosotras escuchamos, y lo que ellos escuchan no es lo que nosotras hemos dicho. Por todos estos malentendidos y muchos otros, la comunicación entre los sexos es un perpetuo desencuentro.

Y de esa incomunicación surge el deseo. Siempre creí que a lo que yo aspiraba era a la comunicación perfecta con un hombre, o, mejor dicho, con el hombre, con ese príncipe azul de los sueños de infancia, un ser que sabría adivinarme hasta en los más menudos pliegues interiores. Ahora he aprendido no sólo que esa fusión es imposible, sino además que es probablemente indeseable. Porque de la distancia y de la diferencia, del esfuerzo por saltar abismos y conquistar al otro o a la otra, del afán por comprenderle y descifrarle, nace la pasión. ¿Qué es el amor, sino esa gustosa enajenación; el salirte de ti para entrar en el otro o la otra, para navegar por una galaxia distante de la tuya?

De manera que ahora, cada vez que un hombre me exaspera y me irrita, tiendo a pensar que esa extraña criatura es un visitante de, pongamos, Júpiter, al que se debe tratar con paciencia científica y con curiosidad y atención antropológicas. Hombres, seres extraordinarios y disparatados, capaces de todo tipo de heroicidades y bajezas. Esos hombres ásperos y dulces, amantes y enemigos; espíritus ajenos que, al ser lo otro, ponen las fronteras a nuestra identidad como mujeres y nos definen.

(7-11-93)

Biografía

Nació en Madrid en 1951. Estudió Filosofía y Letras, Psicología y se graduó en Periodismo. Se inició en prensa en 1969, trabajando en diferentes medios de comunicación. A partir de 1977 trabaja en exclusiva para el diario *El País*, en donde ha ejercido de redactora jefe de *El País Semanal*. Ha sido enviada especial en Latinoamérica, Francia, Grecia, Irak, Estados Unidos, Australia, India... En 1980 recibió el Premio Nacional de Periodismo. Se inició como novelista en 1979 con su obra *Crónica del desamor* publicando posteriormente otras libros como *Amado Amo* o *Temblor*. Su obra ha sido traducida a varios idiomas: alemán, italiano, inglés, danés, sueco, turco... Ha publicado además colecciones de entrevistas. Aparte de su actividad periodística y literaria ha escrito la serie de televisión «Su media naranja» y ha adaptado y traducido obras de teatro y libretos de ópera.

Otros títulos de Rosa Montero en Punto de Lectura

Amantes y enemigos

Un hombre alcohólico y triste en busca de «una mujer para vivir y para morir, para amar y envejecer con ella», una niña que se siente invadida por «la otra», la nueva mujer de su padre: una mujer fea que encuentra razones para sentirse bella e inocente... Una vez más, Rosa Montero nos muestra el lado luminoso y mezquino del alma, a través de historias con un punto en común: la complejidad de las relaciones humanas. Quien haya tenido amantes y/o enemigos se encontrará retratado en estos cuentos, que no son sólo para disfrutar sino también para reflexionar.

Pasiones

Sabido es que hay amores que matan. Y en *Pasiones*, Rosa Montero da fe de ello a través de la descripción de dieciocho grandes idilios de todas las épocas. Son historias de pasiones famosas, solitarias o compartidas, de desgracias eternas y felicidades más bien pasajeras. La autora nos acerca así a las intensas relaciones que vivieron desde Marco Antonio y Cleopatra hasta Juana la Loca y Felipe el Hermoso, desde Eva Duarte y Juan Perón hasta John Lennon y Yoko Ono o como la de Lewis Carroll por la niña Alice Liddell. Una obra fascinante que describe los infiernos y los paraísos del amor y dibuja un rico mosaico histórico sobre la asombrosa aventura de la existencia.

Otros títulos de la colección

El siciliano
Mario Puzo

Land Rover
Suso de Toro

Cielo verde
Folco Quilici

El cabello de Beethoven
Russell Martin

Nadie conoce a nadie
Juan Bonilla

Ojalá fuera cierto
Marc Levy